「分隊長殿、チンドウィン河が見えます」

下級兵士たちのインパール戦

柳田文男

…出版センター

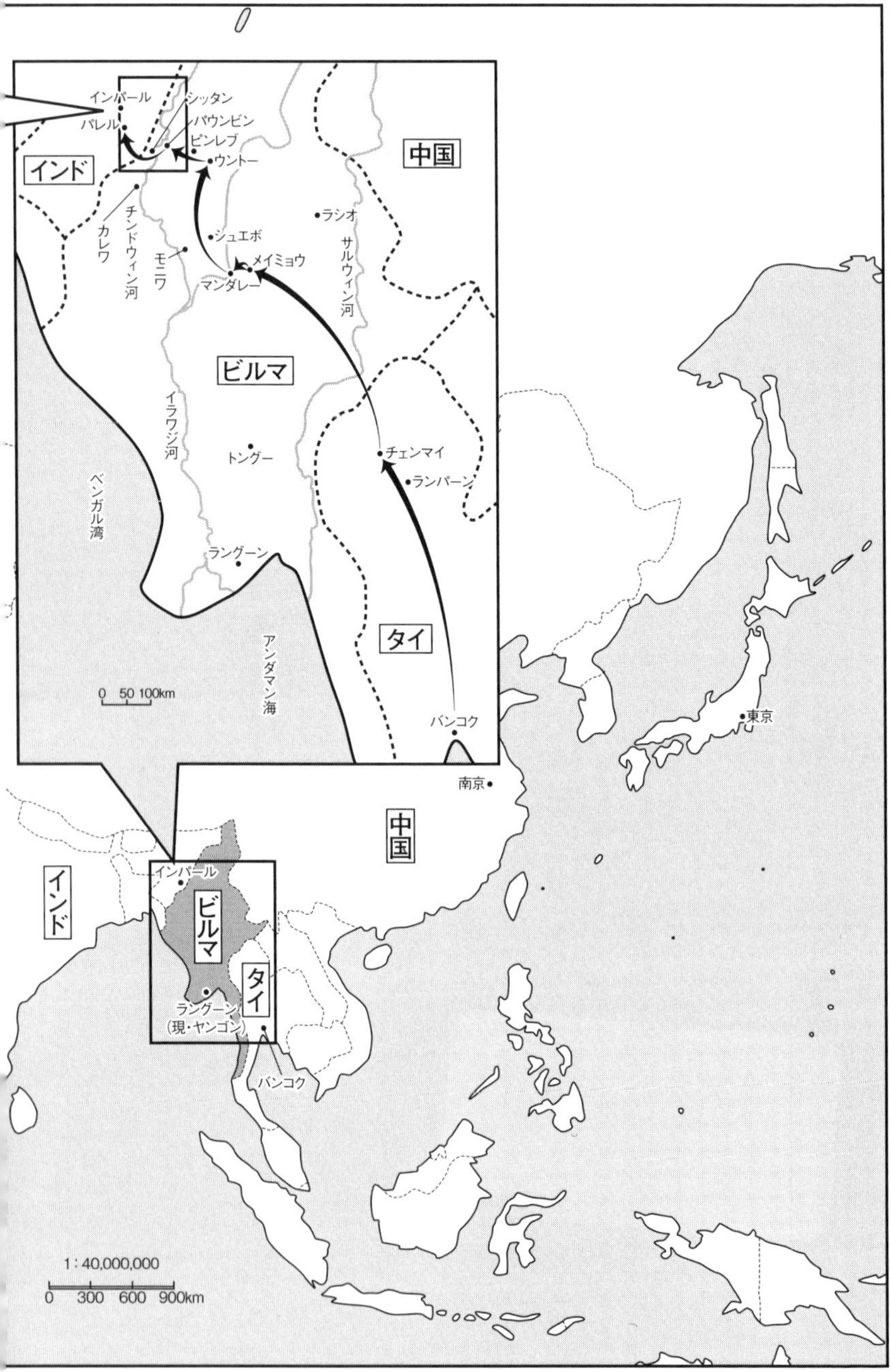
インパール
シッタン
パウンビン
パレル
ピンレブ
ウントー
中国
インド
ラシオ
チンドウィン河
カレワ
シュエボ
メイミョウ
サルウィン河
モニワ
マンダレー
ビルマ
イラワジ河
トングー
チェンマイ
ランパーン
ベンガル湾
ラングーン
タイ
アンダマン海
0 50 100km
バンコク
東京
南京
中国
インド
インパール
ビルマ
タイ
ラングーン
(現・ヤンゴン)
バンコク
1：40,000,000
0 300 600 900km

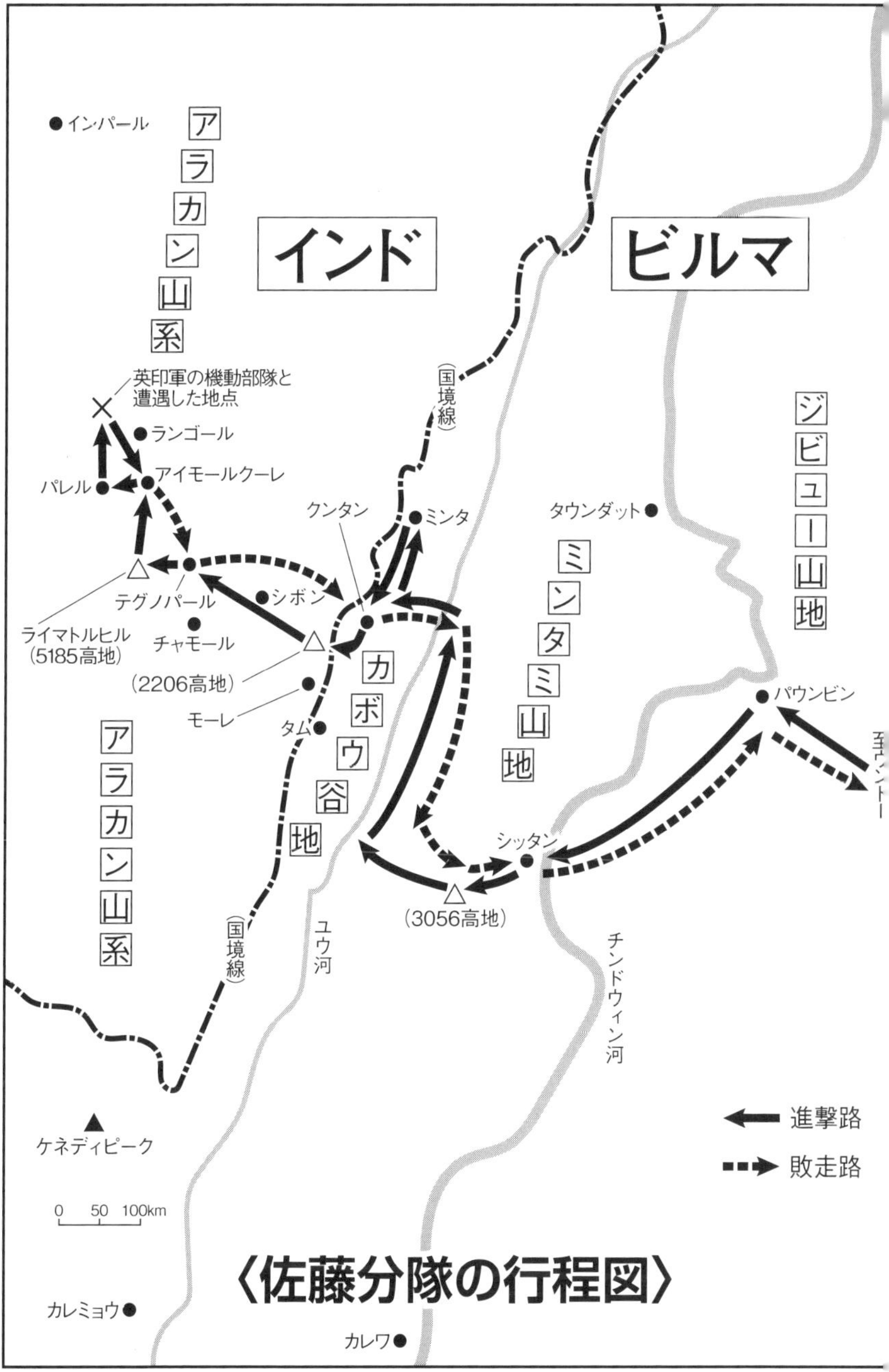
インパール
アラカン山系
インド
ビルマ
英印軍の機動部隊と遭遇した地点
ランゴール
アイモールクーレ
パレル
テグノパール
ライマトルヒル（5185高地）
シボン
チャモール
クンタン
ミンタ
（国境線）
タウンダット
ミンタミ山地
ジビュー山地
（2206高地）
モーレ
タム
カボウ谷地
アラカン山系
パウンビン
シッタン
（3056高地）
ユウ河
チンドウィン河
（国境線）
進撃路
敗走路
ケネディピーク
0 50 100km
カレミョウ
カレワ

〈佐藤分隊の行程図〉

第15師団（通称・祭）の編制 （1944年3月）

第十五師団 （師団長　山内正文中将）

- 歩兵 第六十聯隊（聯隊長・松村弘大佐）
- 歩兵 第五十一聯隊（尾本喜三雄大佐）
  - 第一大隊（吉岡忠典少佐）将兵約1000名
  - 第二大隊
    - 第一中隊（不破章・大尉）約200名
    - 第二中隊
      - 第一小隊
        - 第一分隊（12名編成）
        - 第二分隊
        - 第三分隊
        - 第四分隊
        - （第五分隊）
      - 第二小隊
      - 第三小隊
      - （第四小隊）
    - 第三中隊
    - 第四中隊
  - 第三大隊
- 歩兵 第六十七聯隊（柳沢寛次大佐）
- 野砲第二十一聯隊
- 工兵第十五聯隊
- 輜重兵第十五聯隊
- （その他）
  - ・通信隊
  - ・兵器勤務隊
  - ・衛生隊
  - ・野戦病院（第一、第二、第三）
  - ・病馬廠

※通常の部隊編成
・聯隊 － 三大隊
・大隊 － 四中隊
・中隊 － 四小隊
・小隊 － 四～五分隊
（最小の軍隊組織で、通常12名編成）

※以下の資料文献にて作成
・六〇会編『二つの河の戦い一歩兵第六〇聯隊の記録《ビルマ篇》』（中央公論事業出版・1969年）
・伊藤桂一『遥かなインパール』（新潮社・1993年）
・大濱徹也・小沢郁郎編『改訂版 帝国陸軍事典』（同成社・1995年）

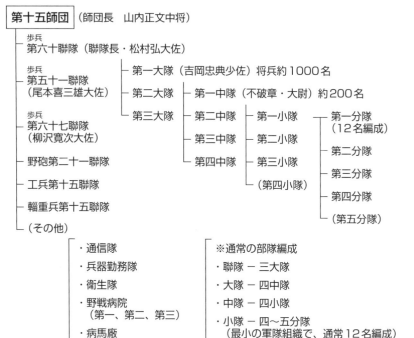

陸軍の階級と職

- 将校
  - 将官
    - 大将（最高位は元帥、（例）参謀総長）
    - 中将（軍司令官など）
    - 少将
  - 佐官
    - 大佐（聯隊長、…）
    - 中佐
    - 少佐（大隊長、…）
  - 尉官
    - 大尉（中隊長、…）
    - 中尉（中隊長、…）
    - 少尉（小隊長　　）

（准尉）准士官で「特務曹長」の改称

- 下士官
  - 曹長
  - 軍曹（分隊長）
  - 伍長
- 兵
  - 兵長
  - 上等兵
  - 一等兵
  - 二等兵

※但し、戦時における要員不足などの事由で下位階級者が上位職に就任する場合がある

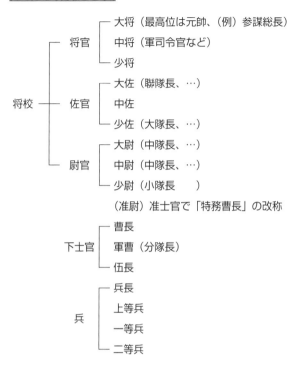

インパール作戦開始時の戦時編制表

天皇（大元帥 ― 統帥大権）

軍政 → **内閣**
総理大臣・東条英機

・陸軍省（陸軍大臣）
・海軍省（海軍大臣）

※当時、東条は陸軍大臣を兼務

軍令 → **大本営**

海軍部	陸軍部
軍令部（軍令部総長）	参謀本部（参謀総長）

参謀本部 …… ・天皇の総帥権を補佐　・国防と用兵計画を策定

参謀総長 ― 杉山元・元帥

軍令部 ― 以下・略

参謀本部
シンガポール
南方総軍（寺内寿一・大将）
ビルマ・ラングーン
ビルマ方面軍（河辺正三・中将）
ビルマ・メイミョウ
第15軍（林）（牟田口廉也・中将）

コヒマ方面
第31師団（烈）
・司令部　甲府（のち東京）
・司令官　佐藤幸徳中将

北インパール方面
第15師団（祭）
京都
山内正文・中将

南インパール方面
第33師団（弓）
宇都宮
柳田元三中将

・延べ参戦人員　20,508名 ― ※『二つの河の戦い』ビルマ篇より引用（六〇会）

・師団個別の参戦人員　15,280名

内・損耗　11,971名（損耗率　約71%）

（内訳）

・戦　　死　3,678名
・戦 病 死　3,843名
・行方不明　748名
・後送患者　3,703名

※防衛庁防衛研修所戦史室編『戦史叢書・イラワジ会戦』（朝雲新聞社）より引用

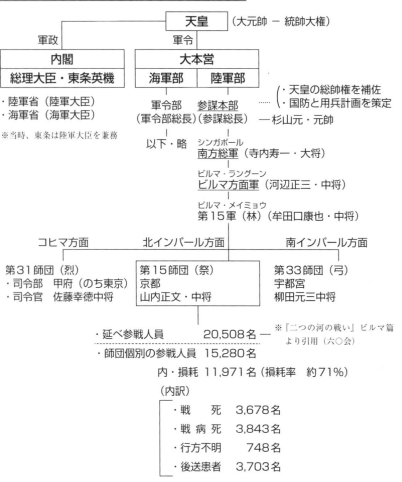

もくじ

「分隊長殿、チンドウィン河が見えます」下級兵士たちのインパール戦

もくじ

一　門前に立つ老人

一つの時代が、やがて終わりを迎えようとしていた。
昭和六十四年一月七日、昭和天皇が逝去《せいきょ》した。その八十七歳八ヵ月の生涯は、日本の戦争と敗戦、そして戦後繁栄の歴史を深く刻み込んでいた。

その日、一人の男が自らの「戦後」に区切りをつけ、一つの約束を果たさんとしていた。

午後十一時を過ぎたころの出来事である。皇居北側の紀伊国坂《きおいざか》方面から、一人の白髪まじりの老人が、皇居北西部に位置する乾門《いぬいもん》に向かってゆっくりと歩を進めていた。老人は乾門前の歩道にやって来た時、黒塗りの乾門に正対して丁寧に一礼した後、門から距離にしておよそ五十メートルの歩道からその門前の広場にゆっくりと一歩足を踏み入れた。

乾門の周辺には、高木《こうぼく》の松を主としてすでに葉を落とした桜や紅葉《もみじ》の木々が屹立《きつりつ》しており、乾門の門柱に設置されている二つの街灯の灯りによってうす淡く照らし出されていた。

皇居の乾門

老人は、天皇の住居である吹上《ふきあげ》御所の深い森に向けて、その位置から斜め右に姿勢を変えて直立不動の姿勢をとった。顔を少しあげて森を凝視するその鋭い視線には、まるで皇居の森を射抜くような力強さがあり、その武骨なまでの立ち居姿と雰囲気は異様な光景であった。

異様であったのは、その老人が旧陸軍三八式《さんぱちしき》歩兵銃あるいは九十九式小銃や下士官用軍刀こそ着装《ちゃくそう》していないものの、旧陸軍下士官戦闘時の夏用帽子と襦袢《じゅばん》の服装に、足にはゲートル（脚絆《きゃはん》）を巻くというういでたちであったからである。しかも、その色あせたカーキ色の帽子と軍服の各所は擦り切れ破れており、まるでぼろきれのような状態となっていた。

おりしも、皇居の深い森を覆い尽くす夜の空には星一つ見えず、その漆黒の空からは今にも寒《かん》の雨が降る気配すら感じられる中にあって、色あせたその軍服姿の老人は蘇《よみがえ》った戦没兵士そのものであった。だが、その鋭い目つきと泰然として立ち尽くすその姿勢からは、老いたるとはいえども凜《りん》とした野武士《のぶし》の風格が漂っていた。

老人は、戦前、旧陸軍第十五師団《しだん》歩兵第六〇聯隊《れんたい》の軍曹《ぐんそう》として、一つの分隊を指揮した佐藤《さとう》文蔵《ぶんぞう》であった。彼は中国中部戦線を転戦した後、最終的にインパール作戦に従事している。その英印軍（イギリス軍）との戦闘において、後に「白骨街道《はっこつかいどう》」と呼称された戦場から奇跡的に生還した兵士の一人であった。門前に立ちつくすその姿は、彼が日本に生還した当時の姿だった。

「……」

佐藤文蔵は、皇居の鬱蒼《うっそう》たる森を凝視しながら、一言《いちごん》も発することなく直立不動の姿勢を崩さずに立ち尽くした。彼の周囲には静寂そのものが漂うばかりであった。

彼がいかなる理由で乾門前に立つことになったのかは、その日の朝に昭和天皇崩御《ほうぎょ》との報道発表を知ったことにある。発表は午前七時五十五分、宮内庁長官ならびに首相によって同時になされた。その事実を知ったとき、彼は思い立ったようにして、大切に押入れの奥にしまい込み封印していた旧軍関係の服装と、一つの古びた布袋《ぬのぶくろ》を大事そうに取り出して風呂敷に包み込んだ。その後で、急遽自宅のある京都市から上京してきたのであった。

崩御報道後の昼間のあわただしい皇居内の雰囲気と打って変わり、彼が到着したその日の真夜中の乾門は、天皇崩御《ほうぎょ》を哀悼《あいとう》するかのような厳《おごそ》かな雰囲気が漂う中ですでに閉門されていた。そうした雰囲気の中にあって、文蔵の軍服姿での突然の登場は異様としか形容できなかった。

夜半とはいえども、表の道路を時折通過する車の騒音の中で、文蔵は依然として直立不動の姿勢をくずすことなく、森を見つめて無言で立ち尽くした。彼を取り囲む広い乾門前の一つの空間は、まるで戦前の時間が停止したかと錯覚するような雰囲気を醸《かも》し出して、彼の擦り切れた軍服姿を浮かびあがらせていた。昨日までの天気とうってかわり、雨が降るのであろうか冬の冷たい夜霧が彼を包みこんでいった。

門前に配置されている皇宮警察本部《こうぐうけいさつ》乾門立番所《いぬいもんりつばんしょ》の若い皇宮護衛官《こうぐうごえいかん》は、突然現れた異様な旧軍人姿の老人を眼に留め、驚くと同時に非常ボタンを押して緊急電話連絡を行っている。文蔵の立ち尽くす乾門前の広場は、歩道から僅かの位置とはいえども皇居内であった。しかし、その若い護衛官は旧軍人姿の文蔵に歩み寄って職務質問を実施することもなく、ただ彼の様子を警戒するようにして凝視するのみであった。彼は、文蔵の立つ位置へ、一歩たりとも踏み出せなかったのである。

緊急電話の連絡を受けて、直ちに応援のために駆けつけた数名の護衛官があわただしく小扉より現れた。しかし、彼らもまた文蔵の立ち居姿勢を見て驚きの表情を見せたものの、誰一人として彼の傍《そば》に近寄ろうとはしなかった。それは、天皇崩御のために参上した旧軍人の哀悼《あいとう》儀礼の一つとみなしたとも考えられたが、何よりも霧の中に浮かび上がる旧下士官軍人の毅然とした立ち居姿に、言葉さえかけることが出来ない鬼気《きき》迫るものを感じ取って足が止まっていた。

「……」

時間にして数分が経過した時、文蔵はおもむろに右ポケットから一つの色あせた古い布袋を取り出した。彼はしばらく視線を手にした布袋に向け、無言で何かを語りかけているようであった。

やがて、彼はその布袋を両手で大事そうに握り締めながらゆっくりと門前右脇に広がる土手に歩み寄り、土手に生い茂る高さ十数メートルはあろうと思われる一本の太い赤松の木の手前まで歩み、その根元に布袋をそっと置いた。

ついで、無言のまま、天皇が安置されていると思われる吹上御所に向かって、軍人としての挙手敬礼を行った。その敬礼姿は、少し胸を前方に張り出しながら直立不動の姿勢をとり、まっすぐに指先を伸ばした右手は帽子にそっと当てられ、同様にして左手はズボンの中心線にそってまっすぐに添えられていた。それは、旧陸軍軍曹としての堂々とした所作《しょさ》であった。そしてまた、文蔵にとって、四十四年振りに行う旧帝国軍人としての昭和天皇に対して行う敬礼であった。

その敬礼姿勢をとった瞬間であった。今まで不動の姿勢で吹上の漆黒の森を凝視していた文蔵の頬に、一筋の涙が伝わり落ちた。と同時に、まっすぐに伸びていた彼の節くれだった無骨な手は、拳《こぶし》となって強く握りしめられ小刻みに震えだした。その涙と拳の震えは、自然に彼を襲った感情の表現であった。

文蔵にとって予期しなかったその涙と拳の意味するものは、それがインパール戦という「地獄」の戦場において、無惨にも戦死していった数え切れない将兵と彼の大切な部下たちに対する鎮魂《ちんこん》の涙であり、その戦いに対する怒りの拳であったのだと気付くのはずっと後のこととなる。

数秒間の敬礼姿勢をとった後、文蔵は涙をぬぐうこともなく、何事もなかったかのように回れ右をして、静かに乾門前広場を出ていった。歩道に出た時、彼はもう一度吹上の森をゆっくりと振り返り見た。それから、穏やかな笑みを浮かべて、深々と頭を下げる最敬礼の姿勢をとった。

そのあと、文蔵は、再び紀伊国坂方面へと夜霧の中へと静かに立ち去っていった。そのうしろ姿には終始無言であったとはいえども、かつて分隊長として指揮をとっていたことをうかがわせる陸軍軍曹としての力強い風格が見受けられた。

それまで、文蔵の姿を確認していながら半蔵門前に立ちすくんでいた護衛官たちは、文蔵の姿が消えたのを確認したのち、一斉に布袋が置かれた松の根元へと走り寄った。そして、責任者と思われる一人がその古びた布袋をすばやく開いて中をあらためた。中には、角がすり切れ、表紙がはげ落ちて黒く変色した軍隊手帳が一冊、そして赤茶色の小石が一個のみ入っていた。

護衛官たちは、『これは何だ』とばかりの怪訝《けげん》な顔をして、互いに見つめあった。

二　インパール作戦

昭和十九年一月七日、大本営は「インパール作戦」を正式認可した。いわゆる、「ウ」号作戦の実質的な実施である。

「ウ」号作戦とは、前年の昭和十八年八月七日、大本営《だいほんえい》の指示の下に南方軍《なんぽうぐん》がビルマ方面軍に出した打電命令、「方面軍ハ敵ノ反攻ニ対シ努《つと》メテ兵備ヲ整頓シタル後、重点ヲ『チンドウィン』河西方地区ニ保持シツツ一般方向ヲ『インパール』ニ向ケ攻勢ヲトリ、国境付近ノ敵ヲ撃破シタル後『インパール』付近策源《さくげん》ヲ衝《つ》キ、爾後《じご》該地付近ニ在リテ持久態勢ニ入ル」という作戦計画である。

インパール作戦は、アジア・太平洋戦争における日本軍の劣勢な情勢の中で、インドにおけるイギリス軍の要衝《ようしょう》地インパールを占領して、その戦況不利な状況を覆《くつがえ》すことで終戦工作を有利に展開しようとした軍部の思惑があったとされている。すでに昭和十六年十一月の時点において、大本営政府連絡会議は東部インド侵攻作戦準備に関する指示「二十一号作戦計画」として「対米英蘭戦争終結に関する腹案」を準備している。それは、「要領」第二項ノ二による日独伊三国の協力の下に、イギリスを「屈服」させるために「豪州印度ニ対シ攻略及ヒ通商破棄等ノ手段ニ依リ、英本国トノ連鎖ヲ遮断シソノ離反ヲ策ス」とする内容の計画であった。この「計画」が、後に「ウ」号作戦として南方軍へ準備命令として伝達されたのである。

しかし、この命令に対して現地ビルマに駐屯する実戦部隊の第十五軍は、ビルマ侵攻までに将兵の疲労は激しくインド東部への侵攻は補給上も困難であるとしてその無謀な作戦に反対していた。

　インド国境に近いビルマ北東部には、標高千数百メートルのジビュー（ジュピー）山地が連なり、さらにその先にはイラワジ河の支流チンドウィン河が南北に流れる。支流とはいえどもその河幅は広いところで数百メートルもあり、世界一ともいわれる五月から十月にかけての雨季には濁流となって渡河《とか》は極めて困難となる。さらに、その西側にはミンタミ山地とカボウ谷地《こくち》の山稜と渓谷が延びる。そして、何といっても日本軍の侵攻を阻止するものは、カボウ谷地の西方に南北に連なる標高二千メートル級のアラカン山系の山稜である。その山系は深いジャングルと渓谷を形成していた。加えて、雨季にはマラリア、赤痢などの疫病が蔓延《まんえん》することも予測された。そうした困難な地形と気候風土に加えて、インドに通じる道路は中南部からの狭くて峻険な山道が二本通じているのみであり、大部分は困難な山地を踏破する以外になく、当然にして重砲などの武器と弾薬、そして食糧の補給は不可能であった。

　大本営がこのような無謀ともいえる作戦を承認した背景には、当初、連合国側による中国への補給路の一つであるインドからの「援蒋《えんしょう》ルート」を遮断するという名目があったが、何よりも太平洋におけるアメリカ軍の反攻作戦によって日本軍が極めて劣勢が濃厚であったこと、そして中国戦線での膠着《こうちゃく》状況という戦略上の理由が存在していた。そうした不利な局面をこの作戦によって打開し、終戦工作を有利なものとして早期に終戦への決定をすべきことを政府・軍部が求めていたことによる。あわせて、軍上層部内における派閥争いと軍内の年功序列にみる人間関係の感情的心理が機能していたことが要因とも考えられる。

その一つに、作戦そのものが軍部内においても反対論が強かったにもかかわらず、何ゆえに作戦開始に至ったかについて、上級将官の行動が大きく作用していたことがあげられる。その一人が、実質的にインパール作戦を指揮した責任者の第十五軍司令官牟田口廉也《むたぐちれんや》中将である。彼は、日本軍の全戦局での行き詰まり状態を打開することが可能なのはビルマ方面だけであるとの理由をもって、インドのインパールからアッサム州までの進攻作戦を上層部に強く提言していた。その提言に御墨付《おすみつ》きを与えて支持したのが、第十五軍の上層部であるビルマ方面軍司令官の河辺正三《かわべまさかず》である。

この河辺・牟田口の二人は、昭和十二年七月の支那事変《しなじへん》（日中戦争）開始の端緒となった盧溝橋《ろこうきょう》事件勃発時の責任当事者でもあった。当時、事件現場を指揮下におく支那駐屯軍《ちゅうとん》歩兵旅《りょ》団長《だんちょう》が河辺正三であり、夜間演習中の部隊から事件の通報を受けて戦闘命令を出したのが、駐屯軍傘下の歩兵第一聯隊長《れんたいちょう》であった牟田口廉也大佐である。したがって、この二人の因縁浅はかならぬ関係が、後のインパール作戦計画の実行を取り結ぶ一つの端緒となったのである。

河辺は、方面軍へ赴任する直前に東条英機首相と面会した際、東条が「日本の対緬《たいめん》政策は対印度《たいいんど》政策の先駆に過ぎず、重点的

第十五軍司令官牟田口廉也中将

ビルマ方面軍司令官河辺正三中将

目標は後者に存すとの抱懐《ほうかい》を洩《もら》され、予《よ》も亦之《またこれ》に共感の意を表して別れた」と、戦後の『日記』の中で懐古《かいこ》している。そこには、実質的に「印度政策」のためにビルマ政策（「対緬政策」）を実施するとの東条の思惑が見受けられる。ちなみに、二人は陸軍士官学校第十九期の同期生である。さらに、河辺が牟田口のインド進攻意見を南方軍総司令官の寺内寿一《てらうちひさいち》に実行具申した際、寺内は作戦内容を充分検討もせずに、「どこかで攻勢に出なきゃいかんと思っておったが、これができれば大したもんだ。ぜひやってくれ」と発言したとの証言が残っている。

この件に関して、昭和十九年一月四日、大本営のインパール作戦に関する会議において、真田穣一郎《さなだじょういちろう》第一部長（作戦部長）は「インパール作戦は実行すべきでない」と反対の提議している。しかし会議休憩中、杉山元《はじめ》参謀総長《さんぼうそうちょう》が真田部長に対して述べた「寺内さんの初めての希望であり、たっての希望である。南方軍でできる範囲なら、希望どおりやらせてよいではないか。なんとかしてやらせてくれ」との談話記録がここでも残っている。

国家の命運を決定するとされる作戦計画が、軍学校における期生の上下関係あるいは個人的感情という私情によって実施されたとなればその責任はあまりにも重い。そのことは、彼ら上級指揮官の命令により前線で戦う将兵にとって、かけがえのない生命を懸《か》けて戦場に放り込まれることになるからである。こうした実例からうかがえることは、軍の上級指揮官そして為政者たちが、兵士を一つの「戦争消耗品」の物として捉えていた思想がみてとれることである。彼らには、一人の兵士に関わるその両親・祖父母・兄弟姉妹そして妻子という家族の存在、さらには兵士にかかわる親族や友人など多数の人間が存在しているという想像力が欠けていたとしか思われない。

一月七日の夕刻、遂に参謀本部からインパール作戦に関する杉山元参謀総長指示案が陸軍省に提出された。東条英機陸軍大臣は作戦の成功に関する「五項目」の質問をした後、統帥部《とうすいぶ》からのその「確答《かくとう》」を得て作戦認可に同意した。指示案は直ちに上奏され、「裕仁《ひろひと》」天皇の裁可《さいか》を経て正式に認可された。以上の経過を経たことで、インパール作戦は参謀総長指示《しじ》によって正式認可された。

大陸指《し》第一七七六号
大陸命《めい》第六五〇号ニ基キ左ノ如《ごと》ク指示ス
　南方軍総司令官ハ「ビルマ」防衛ノ為適時当面ノ敵ヲ撃破シテ
「インパール」附近東北部印度ノ要域ヲ占領確保スルコトヲ得
　昭和十九年一月七日　　参謀総長　杉山　元

この後、インパール作戦は一九四四（昭和十九）年三月八日、南方攻撃部隊である第十五軍傘下の第三十三師団（別名・弓《ゆみ》兵団）のチンドウィン渡河《とか》によって実質開始される。開戦時、第十五軍の編制《へんせい》は、他に北方攻撃部隊の第三十一師団（烈《れつ》兵団）と中央攻撃部隊の第十五師団（祭《まつり》兵団）を有していた。物語の中心となる第十五師団は京都兵団とも呼称され、歩兵第五一聯隊、歩兵第六〇聯隊、歩兵第六七聯隊そして野砲兵第二一聯隊などによって編成されていた。

第十五軍指令本部は、ビルマ中部の高地に位置するメイミョウに置かれた。

それに対峙するイギリス軍は、ニュウデリーの東南アジア軍司令部下、カルカッタに第十四軍（司令官―M・V・スリム中将）を配置し、実質的な戦闘部隊としてインパールに司令部を置く第四軍団（軍団長―スクーンズ中将）傘下に四つの師団を編制していた。同軍団の第二十三師団を北部のインパールとウクルル地域に配置し、日本側の第三十一師団と第十五師団に対峙させ、インパール南部には第十七師団をトンザン方面に、そして第二十師団をタム、モレー方面に配置して日本側第三十三師団に対峙させていた。他に第五師団と一戦車旅団をインパールに布陣させて日本軍を迎え撃つ体制を展開していた。

このイギリス軍の編制は、実質的には植民地支配下にあるインド師団を主体とするもので英印軍とも称されていた。したがって、その階級構成は将校がイギリス人で、下士官と兵は植民地人であるインド人、パキスタン人、ネパール人を主体として編制されていた。

三　歩兵第六〇聯隊と佐藤分隊

昭和十八年十二月三十一日の大晦日、中央攻撃部隊である第十五師団傘下にあった歩兵第六〇聯隊第一大隊に所属する佐藤文蔵軍曹の指揮する分隊は、第十五軍司令部が置かれていたビルマ北部に位置するメイミョウにようやく到着した。

メイミョウの軍司令部

第六〇聯隊は、昭和十三年以来、すでに揚子江《ようすこう》(長江《ちょうこう》)下流域において展開された中国戦線の江南《こうなん》作戦、浙東《せっとう》作戦、浙贛《せっしょう》作戦等の激戦を経て、昭和十八年の第十五師団南方転用にともない同年八月に仏印サイゴンに派遣され到着する。その後、プノンペンを経《へ》てタイ国バンコクに到着したのが九月十二日である。

文蔵が指揮する分隊が所属した第六〇聯隊第一大隊の任務は、タイ、ビルマ国境付近の道路附設工事に従事することであり、九月から十二月の間、主にチェンマイ、トングー道の作業に従事していた。そして、第十五師団が正式にインパール作戦の主力部隊として編制されたことによって、その「ウ」号作戦準備のために急遽ビルマへ派遣されることになったのである。

「あああっ、今日は日本におったら、家族みんなで大晦日の年越しそばをたべとるんじゃけどのう。ましてやビルマで行軍とは、何じゃあこれは、ついとらんでよ」

部隊が、ビルマ中央部の高原都市メイミョウを行軍している中で、いつも分隊の中でも饒舌《じょうぜつ》で陽気な古河一郎《ふるかわいちろう》上等兵がうらめしそうに言い放った。

「ほんまじゃのう古河よ。わしらは、もう二年間の兵役を終えて満期除隊じゃったのに、ついとらんのう。ほんま大正生まれの男はつらい。つらいのう」

並列して行軍していた同年兵の鈴木明《すずきあきら》上等兵が、古河上等兵の愚痴《ぐち》を聞いて相槌《あいづち》をうつ。彼らは佐藤分隊が編成された時点で一等兵であったが、残り一年の兵役を務めれば通常は現役兵を満期除隊するはずであった。だが、分隊長の文蔵と同様に戦局の危機により、即時召集という形でそのまま兵士として任務を継続していたのである。

「しっ、ここは戦場じゃ。めったなことを言うもんじゃない」

佐藤分隊長の横にいた分隊長付き副官の松本勇一《まつもとゆういち》伍長《ごちょう》が、振り向きざまに二人の会話に釘をさすかのように注意した。彼も同じように、当時除隊となるはずであったが、そのまま佐藤分隊の一員としてとどまっていた。ただし、彼の場合は専門学校卒業の資格を有していたために、一等兵から乙種《おつしゅ》幹部候補生として下士官である伍長に昇進していた。

「それにしても、にぎやかな町ですねえ。分隊長殿」

高原のあちらこちらには、現地人のものと思われるトタンと藁葺《わらぶ》き屋根の平屋建《ひらやだ》ての民家が沿道にひろがる。その中にあって、場違いのようなイギリス風の瀟洒《しょうしゃ》な建物が所々に建っている町並み風景は異質であった。さらに、これまで進軍してきた山間部の村々と比べて、人間の多さに意外だという表情を見せて松本伍長が文蔵に語りかけた。

「うん、そうじゃなあ。イギリスの植民地支配当時、ここは彼らの避暑地としての役割をもっとったと聞いとるが、たしかにヨーロッパ的な雰囲気が残っとる町じゃのう」

普段は寡黙《かもく》な文蔵であるが、この数ヵ月間山間部を踏破《とうは》していたこともあり、メイミョウの町並みとのその不均衡さを感じ取りながら返答した。

メイミョウに残る旧日本軍の関係施設

「ところで分隊長殿、我々はこれからどうなるんでしょうか。今後の見通しが全く予想できないのですが」

松本伍長は、聯隊の東部インドへの進攻作戦の内容が具体的に不明であっただけに、その前途に大きな不安を持っていた。その不安が、分隊長である文蔵から作戦の真意を聴きとらんとしていた。

「そうじゃなあ……」

文蔵は、その問いかけに対して、空を見上げながら暫《しばら》く何かを考えるようにして間を置いた後、他の分隊員たちに聞こえないように低い声で応《こた》えた。

「正直ゆうて、分隊長ごときのわしにもこの作戦そのものがようわからん。……けどな、今度ばかりは、この戦いでわしも生きて還《かえ》ることは難しいじゃろうなと思うとるんじゃ」

「……」

「そうじゃで、そういう戦いになるということじゃな」

「……」

中国戦線において、数々の激戦の中を生き抜いてきた文蔵のその言葉に、松本伍長は返す言葉がなかった。そして、この戦いが尋常《じんじょう》でないことを理解した。

隊列の先頭を行く二人の会話をよそに、河田次郎、中井勝、そして林田孝男の各一等兵たちは、これまでの戦闘と道路作業に明け暮れていた軍務の中にあって、久しぶりの町の臭いと感触の中にいっときの「平和」なのどかさを味わっていた。彼ら三名の一等兵は、分隊編成時、初年兵の二等兵として文蔵の指揮下に入った若者たちであった。ただし、河田一等兵は林田・中井一等兵よりも一年先に入営《にゅうえい》していた。

文蔵の分隊は、当初中国中部の地において正規分隊員十二名で編成されていたのであるが、すでに中国戦線にて副官の下士官一名の戦死者を出し、さらに重傷者四名の兵士を後方《こうほう》の野戦病院へ搬送していた。それにもかかわらず、現在にいたるまで一名の補充要員もなく後方へ搬送された負傷者の分隊への追及《ついきゅう》はなかった。負傷した部下たちは、治療のために除隊《じょたい》となって内地に送還されていたのである。しかし、現在の戦況悪化の中では補充要員の確保は極めて困難となっていた。文蔵は、この現実において、すでに日本軍の置かれている状況がいかなるものであるかを大体において知り得ていた。

彼らはタイでの道路作業と同様に、十二月であるにもかかわらず、亜熱帯であるビルマの地においても長袖の夏用戦闘服を着用して隊列を組んでいた。それは、アラカン山系の山岳地やジャングル地帯での戦闘を想定しての軍装であった。

ここメイミョウは、彼ら第十五師団を統括する第十五軍の司令部が置かれていた関係もあり、トタン屋根ながら新しい日本式の二階建て建築物も多く立ち並んでいる。また、仏教国らしくビルマ独特の仏塔《ぶっとう》である小さなパゴダも点在する。さらに、町中にはビルマ独特のロンジーと呼ばれる腰巻状のスカートを身に着けた現地人たちに混じって、多くの日本軍人の姿が目に付いた。

長時間の休息後、分隊は、メイミョウの西に位置する次の目的地である旧都マンダレーへと下っていった。道路は、軍用トラックがすれ違うことができる広いものであった。ただし、雨季のためであろうか頻繁に往来する車両によって赤茶けた道路はぬかるみ、行軍はかなり困難をきわめた。各兵士は、背嚢《はいのう》と雑嚢《ざつのう》そして歩兵銃としては新型の九十九式小銃を担いでいるためにその重量が肩に食い込んでいた。さらに、帯皮《たいかく》に吊るした銃剣や実包入りの前後の盒《ごう》が腰に負担をかけていた。

道路の左右には、合歓《ねむ》の木であろうか幹周りが一メートル以上の太い大木が一定の間隔で立ち並んでいる。ビルマでは、日本の杉や檜《ひのき》あるいは松といった常緑針葉樹は少なく広葉樹が主体の森を形成している。夜に入り、分隊は途中の小さな村で夜食を摂《と》り、露営《ろえい》によって数時間の仮眠をとった。

明けて翌昭和十九年の正月、聯隊はビルマ国第二の王城都市マンダレーにようやく到着した。マンダレー王朝は、イギリスの侵略によって一八八五年に占領され、王都としての歴史に幕を閉じている。しかしながら、現在も王都の面影を色濃く残しており、旧王宮の東北部高台には大きなパゴダが立ち並び、正方形に整えられた旧王宮の周囲は堀によって守られている。いかにも旧都らしく、京都の町並みのように東西南北の道路によって碁盤の町並が形成されている。

マンダレーの旧王宮

文蔵の分隊は、旧王宮殿の南東に位置する道路わきの草むらで、聯隊から支給されたわずかの食料配給によって朝食を飯盒《はんごう》で手際よく準備していた。

「なんじゃあ河田一等兵、正月じゃというのに御神酒《おみき》の一杯も出んのかい」

またしても、古河上等兵が食事の準備をしていた一等兵たちに愚痴を投げつける。

「しょうがなかろうで。これからどこともわからん戦地へ向かうちゅうのに、御神酒などご法度《はっと》じゃわい。それとも、どこかからかすめとってくるかのう」

同年兵の鈴木上等兵がぶっきらぼうに言い放つ。

「それより鈴木よ。お前、軍のおえらさんたちが今頃何を召し上がっていらっしゃるのかを知っとるかい」

「そんなこと知ってどうする」

「まあ、そう言わんと聞けよ。昨日通過したメイミョウじゃあ、あいつら今頃は綺麗どころをはべらかせて、雑煮と御神酒で正月騒ぎに興じとるいうことがゆいたかったんじゃ。うん」

古河は、何でも御見通しだといわんばかりにまじめな顔で自信ありげに答えた。その時であった。

「そうじゃ。河田一等兵、出すのをうっかりしていた。これを」

分隊長の文蔵は、松本伍長と今後の行軍進路を確認していたが、古河上等兵たちの会話を聞き、おもむろに自分の背嚢《はいのう》の中から餅の入った紙包みを手渡した。それは、彼が昨日のメイミョウでの小休止の際、近くの村人から、今日の元旦のために買い求めていた餅である。

分隊員たちは、出来あがった雑煮の中の小さな餅を口にしながら、故郷での正月を味わうようにゆっくりとかみしめ、文蔵に感謝していた。そして、餅の感触の中に、故郷に残してきた家族を想い出していた。さらには、この間の激しい戦闘と重労働の中を、今日まで生き抜くことができた自らの命にも感謝していた。

「分隊長殿、ありがとうございます。田舎の正月を想いだします。ほんでも、雪の降っとらん正月ちゅうんは何か変じゃなあ」

中井一等兵は、餅を口にほうばりながら、故郷の大江山山麓の雪深い正月風景を想い出していた。

「ほんまじゃのう中井よ。そういえば去年に中国を出てから、わしらは、いっぺんも雪ちゅうもんを見とらんのう。まっ、はようこの戦いを終わらせ、雪の中での正月を味わいたいもんじゃのう」

文蔵は、分隊員全員が無事に帰還できることを祈りながら中井一等兵に答えていた。そして、雪の元旦には早朝からスコップを取り出し、家族と一緒に家の周囲と村はずれまでの道を、汗をかきながら雪かき作業をしていた懐かしい日々を思い出していた。

四　分隊長・佐藤文蔵軍曹

第十五師団傘下にある、歩兵第六〇聯隊第一大隊第一中隊第四小隊に属する佐藤分隊は、全員が京都府北部に位置する大江山《おおえやま》周辺の農村出身者から召集された屈強な現役兵士たちであった。分隊長である文蔵と副官の松本伍長《ごちょう》そして河田一等兵を除いて、全員が尋常《じんじょう》小学校を卒業して家業の農業や山林業の作業に従事していた青年たちである。

福知山歩兵第二〇聯隊の正門

同聯隊の営庭での分列式

文蔵の分隊の中で、上級学校に進学した分隊副官の松本勇一《まつもとゆういち》伍長《ごちょう》は、蚕業《さんぎょう》学校を卒業して地元の役場に勤めながら、長男として家業の養蚕業と農業に従事していた。そして、分隊中ただ一人の妻帯者であり一人の子の父親でもあった。

河田次郎《かわだじろう》一等兵は、進学した中学校を病気のために中途退学後、小学校教員の父親の勧めで小学校の代用教員をしていた。それだけに、彼は他の分隊員の中では兵士として体力的に虚弱であり、徴兵検査《ちょうへいけんさ》結果も第二乙種《だいにおつしゅ》であった。戦時でなければ召集はされなかったであろうが、戦争の時代がそれを許さなかった。彼は入営後、衛生兵としての特別教育を受けた後、歩兵要員の一人として佐藤分隊に配属され、貴重な衛生兵として戦場にて充分な役割を果たしていた。その体力は、行軍を苦手としており落伍《らくご》することが多かったが、衛生兵として分隊にはなくてはならない一人だとの存在は認められていた。そしてまた、何よりも分隊長である文蔵が同じ郷里の仲間として助け合うことを分隊の一つの約束ごとにしていたこともあり、彼の指揮の下で分隊の結束力は非常に強固であった。

彼らは、本来ならば地元の郷土部隊である福知山《ふくちやま》・歩兵第二〇聯隊の兵士として編成されるはずであったが、京都市の歩兵第六〇聯隊の兵士として編成されたのである。ちなみに、第十五師団傘下の第五一聯隊第一大隊は、その福知山で編成された二〇聯隊の歩兵部隊で構成されていた。このような変則的な編制は、支那事変の戦況悪化と太平洋戦争開始の中での新たな師団再編制によるものであった。第十五師団は、京都府下の青年を主体として、滋賀県、奈良県、三重県等の出身兵士によって編成されていた。

分隊長である佐藤文蔵は、その中にあって異色の経歴と軍歴を有していた。

彼は、大江山連峰の麓にある戸数五十ばかりの小さな村の出身で、貧しい農家の三人兄弟の次男として誕生した。父親は、彼が尋常小学校へ入学する直前に病死している。そのためか、母親の松江《まつえ》は子どもたちに対して非常に厳しかったが、父親代わりの意気込みをもって三人の息子たちを育てた。そして、彼ら兄弟のために朝から晩まで農作業や食品の行商、さらには村人の依頼があれば農作業の手伝いなどをして休み無く働く女性であった。当時の文蔵は、「かあちゃんは、いつ寝とるんじゃろか」と不思議な気持を抱いていた。

彼の家族構成は、二つ年上の兄哲蔵《てつぞう》と三つ年下の弟平蔵《へいぞう》、そして母方の祖父母がいた。祖父の縫蔵《ぬいぞう》は無学であったが、わずかの田畑と山仕事で一家の生活を支える実直な働き者であった。祖母の琴《こと》は祖父とは再婚で、旧士族の娘として教養ある女性であった。しかし、祖母は「士族の娘」であることを文蔵に語ったこともなく、そのことを他人にひけらかすこともしなかった。ただ、文蔵たち三人の孫にたいしては躾《しつけ》に厳しい人であったことは確かであった。

そして、彼ら三兄弟が、貧困生活の中にあっても高等小学校へ進学できたのは、祖父母の「学問こそ、この子らが生きていける唯一の財産じゃ」という母松江に対する助言であった。松江自身も、貧農の家庭にありながら、両親の方針により高等小学校で学ぶことができた。そして、貧しさの中でも、家事や農作業を手伝いながら勉学に励んだ。小学校卒業後は、家計を助けるために綾部《あやべ》の製糸工場へ働きに出た。彼女は、そこで、糸引きの一等工女として箪笥一竿《たんすひとさお》を贈与されるほどの能力を発揮した。

その母が、文蔵ら子どもたちに、常々言って聴かせる言葉があった。

「貧しいことは、ちっとも恥じゃない。恥ずかしいんは、弱いもんを見下すことじゃ。貧しいもんは弱いもんの心がようわかる。そうじゃで、人の痛みの分かる人間になるんじゃど」

文蔵は、母の真剣な表情で言いきかせる言葉の中に、その辛かった生活を感じ取っていた。

それだけに、心の中で『かあちゃん、わかったで』と約束していた。

祖母琴は、文蔵たち三兄弟に「武士の職分《しょくぶん》」について機会あるごとに説いた。彼が食事中、茶わんから飯粒《めし》をちゃぶ台に落とした時には、「米は、百姓衆が汗水して育てたもんじゃ。一粒たりとも無駄にしたらあかん。武士はそれを頂いて生きておる。そうじゃから、武士たるもの百姓衆のために良き政治をせにゃあかんのじゃ。それが武士の職分じゃ。その心を大切にせにゃならんど」と教えた。

しかし、彼は貧しい「百姓」の子どもである自分が、何ゆえに「武士」の生き方を知らねばならんのだということの意味が判らず、「ばあちゃん、おもろいことゆうなあ」と真剣な顔つきで語る祖母をぽかんと見つめていた記憶がある。

祖父縫蔵も、同じように孫たちには教育を受けさせてやらねばならないとの強い思いをもっていた。しかし、それは祖母とは異なる考え方からである。祖父は小作農の次男として育ち、学校へ就学させてもらえずに家事労働者として長く一家を支えてきた。無学であることの苦労を人一倍知っていたがゆえに、孫には勉学の機会を与えてやりたいと願っていた。その思いから、孫たちには自分のような苦労ある人生は歩ませたくなかったのである。

そんな祖父母の姿をみていると、文蔵は『なんで士族の娘であるばあちゃんと字も読めなんだじいちゃんとが一緒になったんかなあ』との思いが物心ついた頃からあった。しかし、彼は一度たりともそのことを問いただそうと考えたことはなかった。その理由は自分でもわからなかったが、それは子ども心に聞いてはならないことだと感じ取っていたからである。

そうした環境のもとで、彼は学業とともに家業の農業と山林業の仕事に励んだ少年であった。そして、彼は学力とともに運動能力も高く、特に徒競走と上級生にも負けない相撲自慢の屈強な児童でもあった。尋常小学校卒業時、担任教師であった河田清一郎訓導《かわだせいいちろうくんどう》はその能力を惜しんで中学校進学を勧めたが、佐藤家の貧しい家計がそれを許すはずもなかった。しかし、文蔵は、将来は河田訓導のように公平な立場で子どもたちを教育する教員を志望するようになっていた。そして、高等科で再び担任となっていた河田訓導の勧めもあり、高等小学校卒業後は無月謝で給付制の京都府師範学校《しはんがっこう》の本科《ほんか》（四年制）へと進学していった。

師範学校では、子どもたちを天皇の赤子《せきし》として育成することが重要な教育方針となっており、陸軍士官が教官として配属されて軍事教練も多く実施されていた。すでに明治十四年、政府は「小学校教員心得」を文部省通達として公布し、尊皇愛国《そんのうあいこく》の志気を振起《しんき》させるために、教員は「常ニ己《おのれ》カ身ヲ以テ之カ模範トナリ生徒ヲシテ徳性ニ薫染《くんせん》シ善行ニ感化セシメンコトヲ勤ムヘシ」と規定していた。また、教育勅語《きょういくちょくご》にいう「一旦緩急《いったんかんきゅう》アレハ義勇公《ぎゆうこう》ニ奉《ほう》シ以テ天壌無窮《てんじょうむきゅう》ノ皇運《こううん》ヲ扶翼《ふよく》スヘシ」とする国民と教育への道徳観が構内に充満していたのも事実であった。

しかし文蔵は、そうした風潮に対して多少の疑問を感じながらも、むしろ三度の食事を腹一杯食べることのできた寮生活、そして給付金を実家に送金して家計を援助できることの大きな喜びが大きかったのである。したがって、軍隊式の教育が実施されていたものの、子どもの頃から農作業や山仕事で鍛えた体力は、そうした厳しい学校生活を苦痛とはまったく感じさせなかった。

彼は師範学校において、勉学と同時にその屈強な体力を活かして柔道部に所属して活躍していた。中肉中背の身体ながら、京都武徳殿《ぶとくでん》での試合における彼の豪快な背負い投げは、大日本武徳会の武道専門学校の師範からも注目されていた。しかし、彼のその屈強な体力と強い正義感の性格が思わぬ方向に彼を追いやることになる。

師範学校卒業の一年前、三年生時の冬に事件は起こった。放課後、寮の同室生である友人の一人が、数名の先輩に暴力行為を受けていた現場に彼は偶然行きあわせる。持ち前の彼の正義感が思わぬ行動となって出てしまった。彼は止めに入った際、柔道で鍛えた技で上級生たちを投げ飛ばし、彼らに骨折を含めて重症を負わせてしまったのである。

その結果、学校当局はその暴力行為を理由として一方的に彼を退学処分にして放校した。

『何で、わしだけじゃ』

彼は、自分だけに重い処分が下されたことに対する強い不満があったが、不運にも十八歳で師範学校を去ることとなる。その時点で、夢見ていた教職への志は、無残にも断ち切られてしまった。その衝撃は、余りにも大きかったことはいうまでもない。

彼は、退学処分によって故郷の家族を失望させたという自責の念に陥ったが、それを後悔している時間はなかった。とにかく、生きるために住み込みの土木作業員としての職を得て、厳しい肉体労働にも耐えて働いた。実家への仕送りだけは続けたかったのである。

そうした生活の中にあっても、彼は教員となるために師範学校で学んだ意志を消しさることができなかった。そこで、彼は職場近くにある立命館大学に夜間部があることを知り、同大学の法学部に入学して働きながら法律学を学ぶことを決意した。学ぶことで、もう一度将来の教職への道を切り開いていこうとしたのである。しかし、彼のその意志も、昭和十二年の支那事変勃発によって頓挫《とんざ》していく。

大学二年時、彼は徴兵検査のために帰郷する。結果は、予想していた通り「甲種《こうしゅ》」合格であった。それは、歩兵要員として福知山歩兵第二〇聯隊へ召集されることを意味した。

兄の哲蔵は、高等小学校卒業後、祖父や母を助けて農業をしていたが、すでに第二〇聯隊の兵士として出征していた。彼は支那事変勃発により、北支《ほくし》派遣軍の第十六師団傘下部隊の一員として、昭和十二年九月に福知山を出発して大阪港より中国戦線へと向かっている。そして、第十六師団が首都・南京攻略戦に参加していく中で、同年十一月にその前哨戦でもある無錫攻《むしゃく》防戦にて重傷を負う。哲蔵は胸部貫通の銃弾を受け、現地野戦病院にて手当てするものの回復は思わしくなく、除隊後に帰郷して治療に専念していた。

文蔵は、戦争勃発の二年後、昭和十四年一月、現役兵として予想していた郷里の歩兵第二〇聯隊ではなく、京都伏見の歩兵第六〇聯隊に二等兵として入営することになった。第六〇聯隊への入隊は、彼が当時京都市内に在住していたことによる。彼は、大学在籍者としての徴兵猶予の申し出はせずに、すぐに大学への休学手続きをして入営していった。それは、兄の哲蔵や小学校時代の同級生と共に戦地へ行くことが当然だという気持ちを優先していたからである。

兄哲蔵は、戦傷の治療に専念していたが、文蔵にたいして「決して無理をするなよ」と彼の性格を見透かすように優しく言って聞かせた。その言葉の中には、彼が悲惨な戦場体験に基づく先輩兵士としての率直な思いがあった。哲蔵は、弟の文蔵をよく知っていたゆえに、その強い正義感と無鉄砲な性格が、軍人として極めて危険なことを見抜いていた。

時代は支那事変勃発後二年目を迎えており、文蔵は初年兵教育の後、内務班《ないむはん》において何かと問題はあったものの、ある理由によって、同年兵よりも早く中国の戦場に派遣されて作戦任務に就いている。

彼は戦場の部隊員となってから、中学校卒業以上の多くが将校への道である幹部候補生試験を受験する中で、それを拒否している。軍人として生きることより、除隊後は大学に復学して将来は郷里で教員として生きていくことを決意していたゆえである。

文蔵は、一兵卒《へいそつ》のまま中国での最初の戦闘である宣城《せんじょう》作戦に参戦していく。さらに、次の江南《こうなん》作戦においては左上腕《じょうわん》を貫徹する銃弾によって深い傷を負うが、簡単な応急手当のみでそのまま転戦していく気丈夫さをみせている。

二年後の昭和十六年、文蔵は上等兵として下士官勤務適任詔書《かしかんきんむてきにんしょうしょ》を授与されてようやく満期除隊となるが、戦時のため、そのまま即日招集の現役兵として原隊にて勤務を命じられた。その後、准南《じゅんなん》作戦中に、その冷静な作戦応用と勇猛果敢な行動によって下士官である伍長に昇進する。

さらに、昭和十七年四月、浙贛《せっしょう》作戦直前の二十四歳の時に軍曹に昇進して一分隊の指揮官に任命された。彼の軍人としての資質と実践力を認めていた老練な中隊長は、幹部候補生試験を何度も辞退する文蔵を、下士官としてその能力を発揮させせようと推挙したのであった。この時に編成されたのが現在の部下たちである。中隊長は、彼の能力を充分に発揮させることを考慮して、中隊の中から文蔵の出身地である京都府北部に位置する大江山近辺の下士官と兵士を選抜して編成することを命じていた。

しかしながら、彼が分隊長として指揮した初めての浙贛《せっしょう》戦は、結果として分隊員に惨《さん》憺《たん》たる犠牲を出して終了する。分隊は、同作戦において下士官一名が戦死し、四名の兵士が重傷を負った。当然のことながら、分隊長としての彼の無念さと悲しみは大きかった。これが戦争であるとは理解できていても、その生真面目な性格さゆえに、護《まも》るべき部下を護れなかった分隊長としての自責の念に打ちのめされていた。

浙贛作戦に向けて進撃する日本軍（上下とも）

文蔵は、分隊長に任命された時、一つの信念として、戦場に於いては民間人の住民に対して非道な扱いを決して行わないという特別な「分隊命令」を出している。たとえ兵士であっても、直接戦闘には関係のない行為、平常時ならば刑法に触れる行為を許さなかった。その「分隊命令」を導き出したのは、彼が初年兵時代から中国戦線を転戦し、一兵士として体験した中で得た一つの信念であった。いわゆる、皇軍《こうぐん》と呼ばれた天皇の軍隊による醜く残虐な行為に起因していた。

文蔵にとって、各戦場において、日本軍による中国農民からの「調達《ちょうたつ》」という名のもとでの食料の強奪や弱者、特に婦女子に対する陵辱《りょうじょく》行為や子どもたちさえ無残に殺傷していく行為などに対する憤怒《ふんぬ》は、抑えようが無いほど強かった。文蔵は『これが皇軍か』と、戦場であるとはいえども、戦争の名の下にそれらの行為が許されるとする、日本軍の中国人に対する蔑視観《べっしかん》と自らの思いあがりが許せなかった。そして、それらの行為に対して自らの身体を投げ打ってでも制止することができなかった自分自身に対して、いいようのない腹立たしさを持っていた。

分隊員たちは、当初思いもよらない「分隊命令」に躊躇《ちゅうちょ》していたが、文蔵のその理由を諄々《じゅんじゅん》と説く正直な人柄と、中隊内で噂されていた戦闘時における彼の勇猛な下士官としての行動を知っていただけに、指揮官としての彼のその姿勢を受け入れていった。

ただし、文蔵は中国各地の戦場近くの駐屯地近くに置かれていた慰安所《いあんじょ》へ行くことは黙認していた。戦場での激しい戦闘状況におかれていた彼らを、がんじがらめの軍隊規律の中にすべて閉じ込めることができなかったのである。

しかし、彼自身はそこで働くことになった日本人や朝鮮人女性の過去や生い立ちを考える時、同じように貧しい生活の中で育ったものとして慰安所に足をむける気にはなれなかった。特に、朝鮮人女性の多くが、植民地であった朝鮮半島から半ば強制的に連れてこられた若い女性たちであることを下士官の立場で知っていただけに、彼女たちのもとへ足を向けることを拒絶していた。さらに朝鮮人女性に対する彼の特別な思いがあったこともその理由であった。そして文蔵自身、そのような施設を軍が公然と承認している現実にも腹立たしさを持っていた。

このような信念は、文蔵が貧困生活の中で弱者の立場から少年の頃にすでに身に着けていた自然の意識であったともいえた。特に、強者による弱者に対する理不尽《りふじん》な行為に対する怒りは尋常ではなかった。

文蔵の少年時代の中でも、小学三年生時の冬の忘れられない出来事が、彼の理不尽なことに対する反骨精神を不動のものとしていた。その出来事があった昭和三年は、国内では三月に日本共産党などへの大弾圧、そして六月には満州にて関東軍が張作霖《ちょうさくりん》爆殺事件を勃発させるなど、戦争へのきな臭い動きが顕著となっていた時期である。

そうした時代風潮の中で、二つのクラスが学芸会の演劇練習を木造の講堂で実施していた時のことである。文蔵たち三年生の前で二年生の劇練習が行われていた。文蔵は、その舞台の上で、彼の近所に住んでいた朝鮮人のハル子が、自分の言うべき台詞《せりふ》を忘れて下を向いて黙っているのを目撃していた。彼女は困ったといった表情でうつむき、一生懸命にその台詞を思い出そうとしていた。文蔵は、『ハル子、がんばるんじゃ。おもい出せ』と念じていた。その時であった。

「やっぱり朝鮮人じゃのう、貧乏人とならんでどうしょうもないやつらじゃ」

次の練習のために控えていた文蔵たち三年担任の佐古田《さこだ》訓導が、文蔵たちに聞こえるような大声で言い放った。一瞬、文蔵は身体がこわばった。

『わしも貧乏人の子じゃ。貧乏のどこが悪い。朝鮮人じゃからとハル子を馬鹿にすんな』

彼は、少年ながらも、担任である佐古田訓導に激しい怒りをもった。

ハル子たち朝鮮人一家は、父親、長男、次男の三人が近くの銅鉱山で働いていた。彼らは、朝鮮では暮らしていけなくなって日本にやって来たのだと母から聞かされていた。三人は、厳しい労働と激しい朝鮮人差別の中でも生きるために一生懸命に働いていた。家族は、両親と子ども七人の大家族であった。

一家は、文蔵の母や祖父母が、同じような貧しさの境遇ゆえに何かと世話をして優しく接していた人たちである。ハル子の母親は、たどたどしい日本語で「これ、食べ」と言って、キムチやチジミなどの朝鮮料理や菓子をよく届けてくれた。そうした家族交流の中で、文蔵はハル子を小さい頃から妹のようにかわいがっていた。それだけに、担任のその言葉に対する屈辱感と怒りは大きかった。

一瞬、文蔵は、どうにも我慢できない悔しさに身震いしていた。

「はよいわんかい。後のクラスのもんが待っとるじゃろうが、阿呆たれが」

佐古田訓導は舌うちをして、たたみ込むようにしてハル子をののしった。

「先生、そりゃないど」

突如、文蔵の口が自然と開いた。

「何じゃと文蔵、おまえ、わしの言うことに文句があるんかい」

担任の佐古田訓導は、思いもよらない文蔵の声に、満々と怒りの表情を浮かべて彼の側に立つやいなや、文蔵の襟首《えり》をギュッとつかんだ。そして、ざわつく講堂の中を文蔵の襟《えり》を強引にひっぱりながら、外の運動場へと連れ出した。文蔵は、首がしまり息が詰まりそうになっていた。折しも、講堂の外は粉雪が降っていた。佐古田訓導は、文蔵の身体をかかえ込むやいなや、おもいきり彼を雪の中に突き飛ばした。彼は深い雪の中へ頭からそのまま突っ込んでいった。文蔵は、雪の中で視界を失った。自分がどうなっているのか全くわからなかった。佐古田訓導は、さらに文蔵の頭を両手でつかんで雪の中に押し付けてきた。文蔵は、呼吸ができなくなり意識がもうろうとしてきた。手足を雪の中でおもいきりばたつかせた。

「これぐらいでやめといちゃるが、二度とあんなことをほざくなよ。おまえも赤子《せきし》として、将来は陛下《へいか》の兵隊になる人間じゃ。これぐらいのことはちっとは我慢せい」

佐古田訓導は、憎らしげにすてぜりふを吐いた後、文蔵をそのままにして講堂の中に入って行った。ピシャリと講堂の戸を閉める音が聞こえた。

「くっそう……」

粉雪の降りしきる中で、文蔵は担任の仕打ちに対して、その冷たさも忘れて雪の中で大の字になってそのままうつ伏していた。とても悔しかったが不思議と涙は出なかった。というよりも、出してたまるかと思っていた。

そうした辛い体験が、終生、強者の立場から弱者に対して命令を下して従わせるという社会や組織に対して、文蔵は無条件に激しく抵抗する反骨精神を揺るぎのないものとしていた。

その反骨精神は、軍人となってからも少しも変わらなかった。

文蔵は、第六〇聯隊の初年兵として伏見の聯隊へ入営した二日目の夜に早々事件を起こす。

学兵内の点呼

歩兵教練から執銃教練へ

彼が入営した当日、彼を待っていたのは、古参上等兵《こさんじょうとうへい》二名による理由なき激しい鉄拳制裁《てっけんせいさい》であった。彼は、『これが、やつらの歓迎会か』と、その理不尽さに激しい怒りを我慢しながらその日は耐えた。

　しかし、翌日も初年兵いじめは昨晩と同じ二人の古参上等兵によって続けられた。彼らは点呼《てんこ》の集合が遅いことを理由に鉄拳制裁したあと、今度は初年兵一人ひとりに対して、入り口横の柱を手足で抱えさせて蝉《せみ》の鳴き声を実演しろと命じたのである。そして、声が蝉の声ではないとか小さいとかの屁理屈《へりくつ》をつけて何度もやり直しをさせた。文蔵は、その理不尽な命令に人間の尊厳をはぎ取るものを感じた。それゆえに、今度は激しい怒りを持って拒否の行動に出た。実演の順番が文蔵に回ってきた時、彼は黙って立ち尽くした。

「おい貴様《きさま》、はようやらんかい。わしの命令が聞こえんのか」

二人の上等兵が文蔵の前に立ち並び、憎々しげに顔を近づけて威嚇《いかく》してきた。

「おい、やれゆうとんのじゃ。……貴様なんでやらん、この大江の山猿《やまざる》め」

「……」

「なんかい、おまえは大学へ行っとった学士《がくし》様じゃから、こんな阿呆みたいなまねはできんとでもゆうんかいや」

上等兵はそれを言い放つや、なお前を見つめて微動だにしない文蔵に殴りかかった。

それは一瞬の出来事であった。文蔵は、その鉄拳を左手で瞬時に払うやいなや、その手を両手で握って彼の得意技である一本背負いで彼を大きく床に叩き付けた。文蔵はなおも攻撃をやめずに、床に倒れている上等兵に対して関節技《かんせつわざ》である「十字固《じゅうじがた》め」をほどこしてその左腕を一気にへし折った。ボキッという鈍い音と同時に、その上等兵は激痛に悲鳴をあげつづけながら足をばたつかせた。

それを見たもう一人の上等兵は、同僚が泣き叫ぶ事態に直面して、自分への恐怖を感じてその場から逃げ出そうとした。文蔵は、逃げようとする上等兵の後ろ襟を素早くつかみ、彼の股間《こかん》に手を差し入れて抱え込むと同時に、豪快な肩車で彼の身体を高々と吊り上げて床に叩き付けた。技をかけられた上等兵は、その場で気絶した。

その一瞬の出来事を、内務班の全員が恐怖をもって見つめていた。特に、上等兵たちの初年兵いじめをへらへらと笑いながらおもしろそうにながめていた二年兵たちは、今度は自分の番だとばかりに文蔵から目をそらした。文蔵は、そうした二年兵の態度も許せなかった。しかし、文蔵は、そのように力関係によって豹変《ひょうへん》する二年兵たちの卑劣さは無視した。

文蔵の処罰は、下士官兵に対する陸軍懲罰規定《ちょうばつきてい》にしたがって三日間の重営倉《じゅうえいそう》入りと決定した。彼は、聯隊営門の奥にある三畳板張りの独房へ初年兵として早くも二日目にして入るという異例の事態を引き起こした。彼に対する食事は、麦飯《むぎめし》と水そしておかずは固形塩《こけいじお》のみのいわゆる物相飯《もっそうめし》のみであった。寝具はなく、部屋の隅に簡易トイレが置かれていた。そのために、営倉内は鼻をつく異臭が立ち込めていた。文蔵は、自殺防止のためだとして衣服のボタンやズボンの腰紐《こしひも》をはぎ取られた。重営倉は、一日中正座を基本としていたが横臥《おうが》も許されていた。

文蔵の、強者・上級者による弱者・下級者に対する理不尽な行為に対する抵抗は、師範学校事件にみられたように、彼は頭で考えるよりも身体が自然と動いていた。

文蔵は、身動きできない一月の寒い営倉《えいそう》の中で一人考え込んでいた。

『何で、あいつらはあんな理不尽な暴力行為を平然とやってのけられるんじゃ……』

文蔵は、同じ貧しい農民あるいは庶民である二人の古参上等兵が、なぜ同じ弱い立場の者に対しても、当たり前のようにして暴力をふるうのであろうかと考えていた。そして、彼らも、同じようにこの社会の中での犠牲者なのではないだろうかと結論付けていた。

彼らもまた、娑婆《しゃば》という一般社会において、常に貧しい農民そして労働者でありその生活苦にあえいでいた人間である。彼ら貧困層の若者たちの大多数は、日本の社会の中では上級学校へ進学することもできず、多くが尋常小学校を卒業後、社会の中で世襲としての農民として生きるか、それとも農家の次男以下に見られたように都市へ出て貧しい賃労働者として生きていくしかなかった。当然、社会に対するその不満は大きかったはずである。

文蔵は、彼らが娑婆において体験した社会からの抑圧や差別に対する激しい怒りが、連鎖的に弱者に対して向けられて初年兵いじめにつながっていったのではないのかと考えた。それは、上級学校進学者や経済的に裕福な子弟に対する、言うなれば、彼らから見た強者あるいは上級者であった初年兵に対する逆のいじめが熾烈《しれつ》をきわめたともいえる。その意味で、内務班《ないむはん》を含めての軍隊生活は、彼ら貧困家庭出身者たちの不満を、「ガス抜き」という形で一時的ではあるが解消するという一定の役割を果たしていたともいえる。

文蔵は、二人の古参上等兵の意識には、大学まで進学していた自分に対するねたみと羨望《せんぼう》からくる恨みがあったのではと考えた。

「わしも、貧しい百姓のせがれじゃったんじゃ。おまえらとおんなじじゃろうが」

文蔵は、営倉の中で誰に言うともなく一人ぽつりと呟いていた。

五　師団集結地ウントー

旧都マンダレー市内の西側には、ビルマ最長のイラワジ河が南北に茶褐色の雄大な流れを見せていた。その河幅数百メートルの大河は、西岸のサガインに向かう聯隊の行く手をさえぎるかのように悠然《ゆうぜん》と流れている。河には長大なインワ（サガイン）鉄橋が架設《かせつ》されているのだが、イギリス軍が撤退するに際してその一部を破壊したために通行はできなくなっていた。したがって、聯隊はこの大河を船で渡河するしかなかった。

イワラジ河とサガイン鉄橋

分隊の渡河は、工兵隊が準備した軍用折りたたみ舟によって実施された。文蔵は、下流に流されつつ大きく左右に揺れる舟の中で、どうすれば残された六人の部下を無事に日本に帰還させることができるのだろうかと考えていた。舟の揺れと河の茶褐色の濁流という不安定さが、そのような懸念を生じさせていた。サガイン側の岸部にようやく到着した時、山野での活動には強い隊員たちもほっと胸をなでおろし安堵していた。彼らにとっては、このような大河の渡河は中支《ちゅうし》（中国中部）戦線における揚子江《ようすこう》（長江《ちょうこう》）以来の経験であり、この濁流の中で早く無事に渡河できることを祈っていた。

サガインへと向かう道の左右に広がる水田地帯には、冬の農閑期のためであろうか、刈り入れ後と思われる閑散とした田園風景が遠くまで広がっていた。水田のあちこちには葉を落とした樹木が立ち並んでいる。ビルマでは、日本と異なりその亜熱帯の気候が二期作を一般的なものとしていた。

やがて道の前方にサガイン丘陵を見渡すことができるようになり、その緑の森の中に多くの白いパゴダが多く見えた。この地は、かつてシャン族の王都があったところであり、茶褐色の袈裟《けさ》を全身にまとった僧侶の姿も目に付いた。文蔵は、ビルマでは一生に一度は僧侶となる風習があることを聞いていたので、『なるほどなあ』と思わずにはいられなかった。

サガインヒルのパゴダ

分隊とすれ違うようにして、托鉢《たくはつ》にでも出かけるのであろうか僧侶の集団が列をなしてすれちがって行った。

第六〇聯隊は、ビルマ北西部に位置する師団集結地ウントーの手前、次の集結地である交通の要衝地《ようしょうち》シュエボーに向けて行軍《こうぐん》していた。道路脇には、ここにも大きな合歓《ねむ》の木が数十メートルの間隔で植えられている。おそらく、徒歩で行きかう人々のために、ビルマ特有の炎熱からその身をまもるために植林されたものと思われる。

季節は冬とはいえども、ビルマの地で重い銃器と装備品を背負っての行軍はつらいものがあった。やはり、いつものように河田一等兵が足を振らつかせて隊列から遅れ始めた。文蔵は、それに気づいて合歓の木の下で一時休息をとることにした。

サガインからシュエボーへの道路脇に植えられた大木

「分隊長殿、申し訳ありません。私のためにまた……」

河田一等兵は、手を合わせる仕草をみせて文蔵と他の分隊員に謝った。

「河田一等兵、それは言わんでもよいんじゃ。わしも少し休もうと思とったとこじゃ。中隊との合流は次の休憩地点までに間に合えばそれでよい。気にすんな」

文蔵は、河田一等兵を気落ちさせないように配慮して応えてやった。

「すみません。ありがとうございます」

文蔵は、河田一等兵が目をまばたかせながら、兵としての自分を責めていることがよくわかっていた。

彼の父親は、文蔵の小学校時代の担任教師であり、彼の師範学校進学をすすめた恩師の河田清一郎であった。彼は、昭和六年に始まった満州事変以後の社会風潮の中で、他の多くの教師たちが、男子として生まれたからには兵士として勇ましく戦い、天皇陛下とお国のために生命《いのち》を尽くせと訓示する中にあって、「親にもろた生命は、大切にせんとあかんど」と常に諭《さと》し、命の大切さを主張する姿勢をくずさない教師であった。彼は何よりも生きることの大切さを教え、教え子たちの一人ひとりを大切にしていた。

「あの男はアカじゃ」

それゆえに、彼は校長や村当局からその思想を危険視され、教育管理職としての将来の道を閉ざされていた人物であった。それでも、彼はそうした圧力に屈することなく、常に子どもたちに寄り添いながら分け隔てなく接する姿勢を決してくずさなかった。

文蔵は、小学校時代の貧しい生活の中で、河田訓導が自分に対しても分けへだてることなく接してくれた記憶が強く残っていた。また、卒業時の進路決定では何度となくわが家を家庭訪問し、師範学校への進学を強く勧めてくれた恩師でもあった。文蔵は、そうした河田訓導の教育姿勢の中に、教員とはいかに在るべきかを教えられた。そして、そのことが、自らも将来は教員として生きていくのだということを決意させていた。

その河田訓導は、息子である次男の次郎が、出征後に偶然にも文蔵の部下として配属されたことを知ったとき、軍事郵便にて「虚弱な息子であるが、よろしく頼みます」旨の丁重な手紙を戦地の文蔵宛によこしていた。そのような個人的な理由もあり、文蔵の心の中には河田一等兵を生きて両親のもとへ帰すことも、自分にとっての大きな責務の一つであると考えていた。

ビルマ北西部に位置するシュエボーは、平野部の中の活気のある町であった。サガインからビルマの北へと鉄道が敷設されており、その駅舎が町の中にあった。駅舎には、シュエボーへと各地から集積された日本軍の軍事物資が多数積まれており、ホームの貨車に現地の人々がそれらの積み込み作業にかり出されていた。ビルマ特有のロンジー姿でいそいそと働く彼らのシャツは、汗とほこりにまみれてうす黒く汚れていた。そして、彼らを怒鳴りつける日本兵の声が飛びかっていた。

文蔵は、亜熱帯のビルマは食料が豊富であるとはいえども、日本軍の進駐《しんちゅう》によって失うものは多く、戦地の人々は常に犠牲者となる現実を眼にして胸が痛んだ。それとともに、現地の人々に対して、イギリスからの「解放軍」だといわんばかりに、逆に「侵略」的な苦役を強いる日本軍の行動に疑問を感じていた。それが皇軍の名の下に実行されていることには、疑問と言うよりも恥ずべき行為だと思っていた。

文蔵が所属した第十五軍における第十五師団の編制は、他の師団と比較して不運なものであった。一つは、文蔵の分隊に見られるように、欠員の補充がなく聯隊としての正規編制が実行されていなかったこと。二つは、タイやビルマの各地に転戦していた傘下部隊が集結地点に追及《ついきゅう》して来るまでに時間を要し、部隊編制が不充分であったことである。

加えて、他師団がその師団傘下に戦車部隊や歩兵旅団などの強力な師団編制となっていたのに対して、正規編制が極めて弱体の師団であった。その理由として、他師団への抽出《ちゅうしゅつ》が多かったことがあげられる。文蔵の分隊が所属する第六〇聯隊第一大隊も、チンドウィン河の渡河以降で、第三十三師団傘下の山本歩兵旅団に抽出されることとなり本隊から離れていく。

　このように、師団固有の実力部隊を大幅に抜き取られていく現状に対して、師団長の山内正文中将をして「これは『祭』（第十五）師団ではない、山内支隊級だ」と嘆息《たんそく》させるにいたっている。

はるか向こうにジビュー山系が連なるウントーの農村風景

　その歩兵第六〇聯隊の主力が、中央攻撃部隊である第十五師団の集結地ウントーに到着したのは一月七日であった。そして、その日は大本営がインパール作戦を正式認可した日でもあった。ウントーはジビュー山系の西麓に位置し、東側は平原となっている大きな村である。鉄道は敷設されていたが、歩兵部隊はマンダレーを出発してから約一週間を要して苦しい行軍の後に到着した。インパール作戦の参戦部隊として、タイでの道路作業を中止して出発した十一月下旬から、一ヵ月以上を費やしての行軍であった。

　ウントーは、広大な平原の中のシュエボーとは違い、北部から西部へと山々がつらなる山村風景が広がっていた。周囲の水田地帯では、角《つの》の太く長い水牛が農作業の主力として多く見られた。そこには、日本の農村と変わりない田園風景が広がっていた。

「ほーお、でっかい牛じゃのう。けんど、わしのうちのベコ（牛）のほうが、そりゃあよう仕事するじゃろなあ」

古河上等兵が、我が家の牛を想いだしたように陽気に自慢してみせた。

「あほぬかせ、わしの家の牛のほうがお前の牛より黒々丸々として強いじゃろで」

古河上等兵に相槌を打つかのようにして、鈴木上等兵があばら骨が見える水牛をみていきがった。同年兵としての喧嘩《けんか》友達でもある二人は、必ず話題を分け合っていたが、戦闘中は佐藤分隊長の指揮の下で共に冷静沈着に行動する模範兵士であった。

「上等兵殿、私のうちのベコは無茶苦茶強いですよ」

すぐさま、中井勝《なかいかつ》一等兵が牛の話題に仲間入りしてきた。彼は大江山連峰の奥深い山あいの村で育ち、文蔵の出身小学校の後輩であった。子供の頃から、早朝の牛の餌《えさ》である草刈をするなど飼い牛を大事に世話し、段々畑を耕すには牛が一番だと常に口にしていた。小柄な体ながら、兵士としては機敏によく行動した。郷里には祖父、両親そして妹が一人いた。

「また牛自慢かいや」

同じ農民でありながら、牛を飼っていない林田孝男《はやしだたかお》一等兵が、中井一等兵たちの牛自慢の話を聴いて自嘲気味に言った。そこには、牛すら飼うことのできない貧農の小作農としての思いが込められていた。

彼もまた、文蔵と同じ小学校を卒業した後輩であり、中井一等兵とは同級生である。彼は尋常小学校を卒業してから、家計を助けるために一時京都の商家に丁稚奉公《でっちぼうこう》に出た経歴がある。しかし寡黙《かもく》な田舎育ちの少年にとって、都会の空気に馴染《なじ》めなかったのであろうか、再び故郷に帰って近くの鉱山で採掘作業に従事していた。学業は苦手であったが、まじめな性格の働き者であった。文蔵と同じように父親を早くして病気で亡くし、祖父と母親の農作業を鉱山勤務の合間に手伝う名前どおりの孝行な一人息子であった。それだけに、文蔵も何かと彼を支え励ましていた。

文蔵は、以前に林田一等兵から聞いていたところの、彼の母親が言った出征前夜の言葉を想い出していた。

「孝男、ええか。必ず生きて還《かえ》るんじゃど、どんなことがあっても死んだらあかんど。天皇陛下のため、お国のためとゆうても……わしとじいちゃんは、おまえの無事の帰りだけをを待っとるゆうことを忘れたらあかんど。必ず生きて還るんじゃ」

彼の母は仏壇の前でそう言ったあと、林田一等兵の手を強く握り締めてとめどなく涙を流した。そして、近隣の村々の大日本国防婦人会《こくぼうふじんかい》の協力を得て縫い上げた、武運長久《ぶうんちょうきゅう》と安泰《あんたい》を祈願した「千人針《せんにんばり》」の布をそっと彼の手に渡したという。

文蔵には、それは、親として母親としての当然の思いであることが充分に理解できた。

『あいつも、何としても護《まも》ってやらないかんなあ』

文蔵は、戦時において、部下の生命を護ることの難しさを知りつつもそう考えていた。

彼らは、兵士として遠くの戦地に派遣されている実感から、目の前の風景に何かと故郷を連想させて眼の前の自然を眺めていた。特にビルマの農村風景は、高床式《たかゆかしき》の家屋を除いて彼らの郷里とどこか似ているところがあった。水牛が農作業をする田畑の山側に、聯隊が今後進軍していくこととなるジビュー山系の深い緑の森が二重三重に連なって伸びていた。その山並みは、故郷の大江山連峰の麓の農村風景と重なって見えた。

三日後、中隊会議からもどった文蔵が、分隊員を集合させて今後の戦闘計画の概要について報告したのは夕食後のことであった。彼は一枚の地図を見せながら、重々しく今後の分隊の行動を説明していった。

「みんな、よお聴いてくれ。……我が六〇聯隊が、中国の呉淞《ごしょう》を出港したのが昭和十八年七月二十五日である。以来、サイゴンに入港後、陸路タイのバンコクを経由して道路作業に従事した後、ようやくここビルマのウントーに到着した。実に、半年を経ている。中国戦線の浙贛《せっしょう》戦にて塩見伍長の戦死、そして荒井、村田、赤松、岡本たち仲間を負傷という形で後送するに至った。その後の彼らの状況はこの戦地において知ることはできない。ただ、無事で生きていることを祈るばかりだ」

分隊長である文蔵の「戦死」と「生きる」という言葉、そして戦闘計画に、分隊員たちはこれまでと異なる死の気配を感じ取っていた。

「我々は、中国戦線以後、敵との戦闘状態は一度も無い。しかし、本日一月十日、第十五軍はインパール作戦の攻撃許可を各師団に対して命じてきた。よって、明日からは本格的なインパール作戦へと参戦していくこととなった。いよいよ我々は本格的な戦闘態勢に入った。各自、気持ちを引き締めてこの戦いに挑むことを覚悟してほしい」

「はっ」

ついに戦闘態勢に入ったことを確認した分隊員たちは、分隊長である文蔵に対して力強い返事によって応えた。

「ありがとう。……これまで、諸君には随分と苦労をかけてきた。今後も、さらなる危険な戦闘が待っていることはまちがいない。お国のために奮戦して行かねばならんが、自分の命だけは粗末にしないようにしてくれ」

「……」

「くれぐれも、日本にいる家族が諸君の無事の帰還を待っていることを忘れてはならん」

文蔵は、中国戦線よりかろうじて生き残った六名の分隊員の顔を見渡しながら、その返事をうれしく思うと同時に、決して彼らを死なせてはならないとの思いも強めていた。

次に、聯隊はジビュー山系中に軍用道路を附設《ふせつ》する作業に従事しながら、山中のピンレブ地域よりチンドウィン東岸のパウンビンをめざし、さらに、命令を待ってチンドウィンを渡河した後、カボウ谷地《こくち》よりアラカン山系を踏破してインパールに進撃する旨を分隊長として伝えた。

彼はそこで一息ついた後、佐藤分隊は中隊を代表して斥候《せっこう》部隊となって先遣《せんけん》するために、本隊とは分かれて別行動をとることを告げた。

その命令に、分隊員たちは互いに顔を見合わせてなぜだといった表情を示した。文蔵もまた、思いは同じであったが軍命令に逆《さか》らうことはできなかった。そこで中隊は、中隊付きの通信兵である大槻平助《おおつきへいすけ》一等兵を、佐藤分隊付きとして中隊との連絡役として派遣することを約束した。それに伴って、分隊は八名の編成となったものの正規の隊員数からは依然として不適切なものであった。

ウントーからジビュー山地へ向う道

文蔵は、説明すべき命令を伝えたあと、松本伍長に明日の計画を言い渡して中隊本部へと連絡のために向かった。

彼は一月のビルマの風を受けながら、なぜか武者震《むしゃぶる》いを感じた。思えば、二十歳で入営後、すぐに中国戦線に投入されて以後、彼は除隊して一度も故郷へ帰ることができず、六年近くの軍隊生活という戦場の中でのみ生きてきた。人並みに恋もできず、結婚することもできず、ひたすら下級兵士・下士官としての軍務に専念してきた年月に、人間らしい喜びを享受できなかったことへの一抹《いちまつ》の寂《さび》しさを覚えた。彼はその間の戦闘を思い浮かべながら、戦時とはいえども生命ある今、一度でいいから家族のみんなに会いたいものだとの感傷が強く湧き上がっていた。

文蔵は、兄の哲蔵が中国戦線で負傷して除隊後、すでに補充兵として再度第二〇聯隊に入営したこと、そして弟の平蔵も、現役兵として兄の後を追って同聯隊の一員として入営していったことを軍事郵便の手紙で知っていた。三男の平蔵は、高等小学校卒業後に舞鶴海軍工廠《まいづるかいぐんこうしょう》へ技能工として就職していたのだが、兄と同様に歩兵第二〇聯隊の一員となって中国戦線へと出征して行ったのであった。

文蔵は、このインパールへの攻撃作戦について、上級将校ではないゆえに全般の戦いを考察することは困難であったが、下士官として中隊長の命令内容を冷静に判断することによってこの作戦の無謀さと危険性を認識していた。したがって、三人兄弟の中で、自分が最初に戦死するであろうことは今日の中隊会議の中からも薄々と感じ取っていた。それだけに、兄と弟にはどんなことがあろうとも生還し、老いた祖父母と母親の面倒をみてほしいと強く願うのであった。

六　ジビュー山系からチンドウィン河へ

文蔵が指揮する分隊の出発は、昭和十九年一月十一日午前四時の早朝となった。ようやくウントーに到着して、しばらくの休養が得られると考えていた分隊員にとってはつらい出発となった。薄暗いうちの出発は、敵のみならず友軍との関係上も必要なことであった。他の中隊から選抜された各小隊と分隊は、それぞれの任務地域に向けて隠密裏《おんみつり》に出発して行った。

文蔵の分隊が、ジビュー山系の山中に入る前、山並みの上空が太陽の輝きによって茜色《あかねいろ》に染めあがっていた。足もとの赤茶色をした山道と合せて、隊員の褐色《かっしょく》の顔が赤く映《は》えた。文蔵はこの赤い大地の今後の歩みの中に、あらためて分隊の全員が無事に任務を果たし終えることの責任を強めていた。

彼らは、インパールへの出撃地点であるチンドウィン河東岸のパウンビンに向けて、聯隊中最も南側の進路を斥候《せっこう》していく任務が与えられていた。目的地までは、一週間分の食糧が各自に配給された。通常装備以外にそれらの重量が彼らの肩にのしかかっての索敵行軍《さくてきこうぐん》となる。なだらかな細い山道は、夜が明けるころにはかなりの急勾配となり、やがて村人たちが農作業や山仕事のためにつけられていた道はなくなり、道なき道のジャングル（密林）地帯へとわけいった。

『これは、思《おも》たより大変じゃ』

文蔵は、前方に立ちはだかる亜熱帯の広葉樹林帯を見ながら思った。そして、現地の村人を道案内人として雇ったことの正しさを思い返していた。

彼は昨夜の中隊会議後、ビルマ語を解する中隊兵士を連れて村人の家を訪ねていた。そして、現地人の二人を山中での道案内人として確保し、先頭に位置して先導してもらうことを約束していた。村人の二人は途中のピンレブまでなら行くとの約束をしてくれたのである。聯隊が通行するピンレブまでは細い林道がウントーから伸びているが、彼らにとって、それより先の地域は本格的なジビュー山系の最深部になる未知の世界であった。彼らへの謝礼には日本軍の軍票《ぐんぴょう》を渡したが、それが彼らにとってどれほどの価値《ねうち》があるかは文蔵にはわからなかった。

文蔵は、いまビルマの森林地帯にいる自分を不思議な感触でとらえていた。彼の実家は貧しい小作農家であったゆえに、祖父の縫蔵《ぬいぞう》は農作業の合間もしみ、村人の依頼でその山林保護と伐採の仕事を請け負《う》うことが多かったことを想い出していた。祖父は、文蔵がすでに尋常小学校の三年生の頃には、彼を兄の哲蔵とともに山の現場に連れて行き一緒に作業を手伝わせていた。彼ら兄弟は、貧しい農家にとって無くてはならない生活を維持していくための貴重な労働力であった。

祖父は、山仕事には、なぜだか兄の哲蔵よりも文蔵を連れて行くことが多かった。しかし、彼は、祖父との植林・下草刈《したくさか》り、さらには伐採というつらく厳しい山仕事をいやだとは思わなかった。むしろ、自然の中での作業は楽しみだと受けとめていた。そして、祖父を助けている自分を当たり前のことだと思っていた。それは、貧しい生活の中で彼が身につけた自然の感情でもあった。

山仕事の作業現場で聴く鳥や虫の鳴き声、谷を渡る風の音は彼の「友達」であった。そして、時には野兎《のうさぎ》や猪《いのしし》といった獣《けもの》たちと遭遇することもあった。一瞬、彼は野兎《のうさぎ》を追いかけて取り逃がした時に言った祖父の言葉を想い出していた。

「あほじゃのう、文蔵。兎はのう、山の下に追いこまなあかんじゃろが、何でか分かるか」

「わからへん。じいちゃん何でじゃ」

「それはのう、兎の後ろ足を思い出してみいや」

祖父はそう言ってから、兎の前足は短く後ろ足は長いので、下に追い込むと兎は前足で自分の体を支えきれずにひっくり返るので、そこを捕《つか》まえるのだと言って大きな声で笑った。彼は、そんな祖父が好きだった。祖父は、山で生きていく技術を彼に何かと教えてくれた。文蔵は、そのことがこのビルマでの山中踏破に活きていると思った。

道案内人としてのロンジー姿の青年らは、文蔵の前に位置しながら長さ五十センチほどの大鉈《なた》を降り下げて低木や弦《つる》を払いのけて前進して行った。分隊員たちも各自の銃剣《じゅうけん》で行く手をさまたげる障害物を切り払って突き進んでいく。しかし、前進は思うほどに進まず時間を要した。分隊員たちはこのジビュー山系の行軍に難儀《なんぎ》していた。

文蔵の分隊が出発した日、聯隊本部からの無線電話で、駐屯《ちゅうとん》していたウントーがイギリス軍機による爆撃で他の部隊の兵士二名が戦死したとの連絡を受けている。イギリス側は、すでに日本軍がチンドウィン河に向けて移動していることを察知していた。

ウントーを出発してから一週間が経過した。早くも聯隊の一部がピンレブの村に到着したとの無線連絡が入っていた。分隊も遅れてではあるが、ピンレブ南部の目的地点にようやく到達することができた。文蔵は、その間何事もなく無事に到着できたことに安堵《あんど》していた。ピンレブは、チンドウィン河の支流の一つが流れる平原に位置した農村であった。高床式《たかゆかしき》の家々が点在するのどかな水田風景が広がっている。大部隊の日本軍進駐に、村人たちは驚くと同時に、食料調達や労役に駆り出されるなどの困難に直面していた。

文蔵は聯隊への経過報告を済ませた後、ウントーからの現地人案内の青年たち一人ひとりの手を握り「チューズー・テンバーデー」（ありがとうございました）と礼を言って別れた。一時的とはいえ、彼らも戦友であった。無事に村へ帰すことができることが何よりも幸いであった。

斥候《せっこう》部隊としての佐藤分隊は、早々にピンレブで新たな現地案内人を二名雇って、すぐさまパウンビンを目指して出発した。食料を補充した後で、本格的なジビュー山系の中心部へと入って行った。分隊の目指すコースは、山中を踏破してピンレブ東方のトンクスという小さな村に降り立ち、そこから北西に広がる平野部を抜けてパウンビンを最終地点として行動することになる。文蔵は、距離的にみて一週間以上を要すると想定した。

案内人の若者を先頭にして、再度のジャングルとの闘いとなった。二日目に、ワヨンゴンの村付近に一旦くだり、川を渡ってから再度ジビュー山系へと分け入った。途中、イギリス軍に関する監視所等の情報はなかったが全員の表情にはかなりの疲労が見えてきた。山中の中腹部を行く行軍三日目の昼前であった。困難な山中行軍のため、いつものように河田一等兵が最初に遅れだしたので、文蔵は小休止を命じた。

慣れないジャングル地帯の踏破は、京都市内出身の通信兵である大槻平助一等兵にとっても苦労が大きかった。彼は小型とはいえども九十四式無線機を担《かつ》いでおり、その重量のために山岳地帯踏破に難儀していた。文蔵のすぐ後ろで、大槻一等兵の「はあ、はあ」という荒い息づかいが聞こえた。彼は、機械メーカーの事務社員であったことから、河田一等兵と同様に他の農民出身の分隊員とちがって山中の行軍には弱かった。

山育ちで山には強いはずの中井勝一等兵が、飯盒《はんごう》でご飯を炊いている時、何気なく独り言をつぶやいた。

「これまで、わしにとって山は友達やったけど、ここではどうしても友達にはなれんなあ。まるで、苦行《くぎょう》する修験者《しゅげんじゃ》じゃなあ」

「そうか、中井でもここは別世界なんじゃのう」

それを耳にした文蔵が、笑顔を見せながら中井一等兵に言った。

「はい、分隊長殿。このジャングルは魔の山ですよ。いつの間にか大きなヒルに噛まれて血をすわれるは、なんか得体のしれん魔物があっちこっちに潜《ひそ》んどります」

「そうか、魔の山か。うまいこと言うのう」

「はい、私の田舎では、ヒルは田んぼの中におるもんで、こんな山にはおりませんでした」

さすがの山育ちの中井一等兵にも、四季の変化を見せる故郷の山々と違い、湿り気のある常緑広葉樹林が密生するビルマの深いジャングルは強敵であったとみえた。

食事中の分隊員はいつも元気である。話題は、やはり故郷のことが圧倒的に多かった。戦場において彼らを元気付けるのは、故郷の家族の話題と出来事なのである。

「松本伍長、めしの炊《た》ける匂いは美人の奥さんや子供さんを思い出すでしょうな」

古河上等兵が、独身のやっかみも込めて松本伍長を冷やかした。

「あほう。美人は余分じゃ。けど、子どもは元気にしとるか気になるのう。そりゃあ、気になるわい」

「娘さん、いくつになりましたか」

「もう二歳じゃ」

「へーえ、そんなんですか。ほんなら松本伍長は結婚するのが早かったんですなあ」

「そうじゃな、長男じゃからと親父がせかしてな。親父の知り合いの家の娘じゃけど。養蚕《ようさん》農家の嫁としてよう働いてくれるんでのう。わしも助かっとるんじゃ」

「そりゃあ、ええなあ。わしも長男じゃから、はようそんな家庭を持ちたいもんです」

「この作戦が終わったら、ぜひそうせいや。きっとできるど」

「あははっ、おおきにありがとうございます。……へへっ、実は除隊で国へ帰ったら嫁をもらうことになっとるんです。その時は、分隊長殿に仲人をお願いすることも約束しとるんです」

「そうか、そうなんかい。そりゃあおめでとう。そうかそうか」

松本伍長は、嬉しそうに照れ笑いをする古河上等兵に祝いの言葉を贈った。

古河上等兵の実家は、日本海に面した由良川《ゆらがわ》河口付近で農業を営んでいた。土地柄、砂地土《すなち》壊のために畑作が主体で、陸稲《りくとう》や麦そして落花生などを栽培していた。祖父母、両親に弟・姉妹五人の大家族構成であり、跡継ぎの長男として早い帰還を期待されていた。

彼は子供の頃から実家前の日本海で泳ぎに熱中していたこともあり、水泳が得意であった。大きくなったら近くの舞鶴の海兵団《かいへいだん》に入団し、海軍兵士として軍艦に乗り込むことを希望していた。しかし、結果的に陸軍兵士として出征して今ビルマにいるのだが、彼はそのことを決して後悔していない。むしろ、佐藤軍曹指揮下の分隊員であることを誇りに思っていた。それは、何よりも心が通じ合う仲間たちがいたことにある。

入営する以前、古河上等兵は在郷軍人会《ざいごうぐんじんかい》や青年学校の教官たちから、陸軍での厳しい軍隊生活の体験談を何度となく聞かされていた。だが、佐藤軍曹は、生死を分ける戦場では分隊長として厳しかったが、普段の生活においては部下を公平な立場でみつめ、分けへだてなく弟のように優しく接してくれた。それに対して、仲間の部下たちもその思いに応えていたからである。

分隊員たちの団欒《だんらん》は、故郷の話でなごやかに続いた。たとえ一時であろうとも、彼らは日本での家族との生活を思い出すことで、その精神的なストレスを和らげようとしていた。昼食をすませた後、文蔵は再び表情を固くして出発を命じた。

分隊が山中を抜けてトンクスの村に降り立ったのは、一月二十九日であった。ピンレブからすでに十日間を要していた。途中、イギリス軍に関係する情報は何一つ得ることはなかった。ここでも、現地案内人の二人に礼を述べて別れた。次に目指すのは、平野部を踏破して目的地であるチンドウィン河東岸のパウンビンであった。すでに、聯隊主力はその地にほぼ集結し、一部はチンドウィン河を北上して渡河地点であるタウンダットの対岸へと移動を開始していた。分隊は、わずか一日でパウンビンの聯隊に合流した。

パウンビンは、村ではなく町と形容すべき大きさをもっていた。チンドウィン河東岸の港には木造の小船が何艘《なんそう》も係留《けいりゅう》されており、多くの現地の人々がせわしく立ち働く姿が見えた。そうした街の動きから、パウンビンが地域経済の中心地であることが理解できた。港からは階段状に町並みが高く伸びており、写真でみた地中海沿岸のような白壁造りの家々が軒を並べて立っていた。

文蔵は聯隊への報告のために第一大隊本部を探したが、大隊はすでに出発しており佐藤分隊が属する第四小隊のみが文蔵らの到着を待っていた。文蔵は、中島小隊長に対して簡潔に斥候状況を報告した。小隊長は、文蔵の報告を受けた後に、次の分隊任務を命じた。

その命令は、パウンビンの下流約三十キロ付近を下ったチンドウィン河西岸地点にシッタンという小さな村がある。その村へ渡河した後、西側に連なるミンタミ山地を越えてカボウ・バレイ（カボウ谷地）のタムに向かい、その間における英印軍の動向を探索《たんさく》せよという任務であった。

日本軍には、すでにタムに英印軍の基地が存在しているとの情報が入っていた。したがって、その前線である東に位置するミンタミ山地の各所に監視所を配置して進軍する日本軍の動静に眼を光らせていた。そこで、英印軍の動向と存在位置を洩《も》らさず把握して報告することが分隊の新たな任務となった。

七　三〇五六高地

文蔵たちの分隊は、パウンビンで小舟を手配してチンドウィン河を南下し、西岸のシッタンへと向かった。

「分隊長殿、とにかくごっつい河ですねえ。なんですかこの大きさは」

山深い村で育った林田一等兵が、その目を大きく見開き感嘆の声をあげた。彼のみならず、山里で育った多くの分隊員たちにとって、それは中国の揚子江《ようすこう》そしてイラワジ河以来の大河であった。茶褐色に濁《にご》ったチンドウィンの流れは、数百メートルはあろうかという広大な川幅で度肝《どぎも》を抜くものであった。同時に、その濁流の厳しい流れを見つめながら、今後の戦いの厳しさを感じ取っていた。すでに、マンダレーからサガインへのイラワジ河の渡河《とか》によって、その大きさは実感済みではあったが、その支流であるチンドウィン河の雄大さにもあらためて驚かされていた。

由良川河口に実家がある古河上等兵も、故郷の由良川河口のように広い濁流の河を見つめていたが、チンドウィンの流れの荒らあらしさに、それとは異なるものを感じて

広大なチンドウィン河

いた。その思いと共に、彼は故郷の由良川河口に架《か》かる国鉄の長い鉄橋を、蒸気機関車が黒煙をあげながら渡って行く懐かしい風景を想い出していた。

舟が南下するにしたがって、チンドウィン河の両岸は赤土の土手となって十メートル以上高くなっていた。一時間ばかり流れを下って、ようやくシッタンの村に到着した。そこは、小さな農村であった。ミンタミ山地がすぐ西に迫りそこまで田畑が広がっている。その山を越えれば目的地のタムに到達できる。村には家々のまわりにバナナやマンボウの樹木が植えられ、子どもたちの元気な声とはしゃぎまわる姿が、いっときの平和を感じさせる素朴な農村であった。

突然の日本兵の出現に、村民たちが大勢集まってきて、遠巻きに文蔵たちの分隊をじっと見つめていた。文蔵はそうした彼らの姿の中に、なぜだか、中国戦線とは異なる敵意と警戒心を感じなかった。それは、ビルマ軍を友軍であると信じていたことによる。しかしビルマの人々にとっては、イギリスの植民地から脱したとはいえども、新たな支配者としての日本軍の進出には多くの犠牲と苦労をともなうものであったことに何らの違いはないだろうことも考えていた。

文蔵は、村長に頼みこみ、彼の高床式の自宅軒下《のきした》を借用して休憩と露営地《ろえいち》の場所とした。村人への安堵感と遠征の疲れのためであろうか、彼自身そして分隊員たちもその夜は熟睡することができた。

翌日の早朝、文蔵は鶏《にわとり》の鳴き声で目を覚ました。子供の頃、わが家で飼っていた鶏の声と同じであった。

彼は、その鶏の声で目をさまし、鶏小屋へと向かった当時が蘇っていた。小屋の中をのぞき見て卵を見つけたときの喜びは大きかった。たった一個の卵を、兄弟三人で分け合って温かいご飯にかけて食べるのが佐藤家の日常であった。文蔵は、鶏の餌《えさ》として、近くの川で取ってきた貝殻を細かく砕《くだ》き、野草や野菜と混ぜて与えてやることを朝の日課としていた。

シッタンの農作業風景

文蔵が腕時計を見ると、時間は現地時間でちょうど六時であった。対岸の東の空が明るくなってきた。だがビルマといえどもやはり早朝は肌寒く感じる。隊員たちは、連日の行軍のためであろう、疲れた様子で各自の携帯《けいたい》天幕《てんまく》にくるまってまだ熟睡していた。彼が周囲を警戒しながら見渡すと、すでに農作業をする村人の姿を何人か目にすることができた。
文蔵は、軍用かばんから地図と磁石を取り出して今後の行軍予定を再確認した。そして、彼の眼は、シッタンからちょうど西側に位置するミンタミ山地の中で、ひときわ高い標高三〇五六フィート（約九００メートル）の地点に釘付《くぎづ》けとなっていた。彼は、その地点が周囲の地理的状況から判断して、英印軍にとって日本軍の進出を監視するためには最適の場所となっていることを確認していたのである。そこで、彼は分隊の斥候《せっこう》活動として先ず三〇五六フィート山頂を目指し、次いで山中の尾根部分を北上してタム・シッタン間の中間地点へと踏破して行くことが最も策敵行動として適当であると考えた。

そう判断した彼は、村長に英印軍の最近の動向を尋ねてみることにした。村長は文蔵の手振《てぶ》り身振りからその目的と依頼を理解し、地図を手で示しながら教えてくれた。彼の話から、イギリス軍はすでにミンタミ山地を越えてカボウ谷地西側まで退却していることを確認した。

出発に際し、村長は親切にも食料と水を提供してくれた。さらに、彼の家族が作った朝食として鶏の骨付きカレーライスをごちそうしてくれた。その温かいカレーライスは、分隊員たちにとっては久しぶりのご馳走となり、彼らの疲れた体力と気力を養うに充分なものであった。

文蔵が、村長宅にお礼を伝えに行った時、村長は真剣な表情で文蔵に語りかけてきた。そして、戦いを終えて必ず無事にこのシッタンへもどってくることを約束せよ手を握ったのである。文蔵は、思いもよらない約束ごとに言葉が出なかった。

文蔵がその真意を尋ねようとした時、村長はチンドウィン河を指さした後、再び彼の手を握り、その時には小船を出してチンドウィン河を無事に「渡してやる」と手振りを交えて約束してくれた。文蔵にとって、村長のその言葉は、彼の心の中に『生きなければ』という強い勇気を与えるものであった。生還への希望が感じ取れた。

だが文蔵は、この戦いにおいて、正直なところ再びこのシッタン村へもどって来ることはまずありえないであろうことを知っていた。それだけに、村長のその約束はありがたく胸に響いた。

そして同時に、村長もまた、彼の分隊が無事に生還できることの困難さを感じ取っていたがゆえに、そのような励ましの約束をしてくれたのではないかと考えた。

「チューズ・テンバーデー。ありがとう、ありがとう」

文蔵は、片言のビルマ語で村長の行為に感謝の気持ちを示し、彼の手を何度も強く握り返していた。そして、なんとしても生還しなければとの思いも強めていた。

分隊の点呼・点検。密林戦に備えノコギリを持っている(右端)

彼は武器弾薬の点検を慎重に終えた後、三〇五六高地へと道案内をしてくれる正直で律儀そうな村の二人の若者を先頭にして出発した。

ミンタミ山地の麓まで続く水田地帯を抜けて、再びジャングルの山中行軍が開始された。案内役の若者も、最近において英印軍の姿は確認していないと言っていた。しかし、文蔵は、この策敵行動がチンドウィン河東岸地域と異なり、いつ英印軍と遭遇するかもわからない危険性の高い作戦であることを承知していた。

文蔵は、目の前に立ちふさがる三〇五六フィート山頂を眺めながら、故郷の大江山連峰の山並みを思い出していた。酒呑童子《しゅてんどうじ》の鬼伝説が残る大江山は、京都府の丹後と丹波の境界線上に位置する山である。標高は僅か八三三メートルの山ではあるが、千メートル級の山が存在しない京都府の中にあっては代表的な山の一つでもあった。頂上部は平原状態で熊笹が密生し、北側の日本海方面には遠くに景勝地の天橋立《あまのはしだて》を見ることができた。そして、南側には丹後《たんご》・丹波《たんば》の山並みが広がっていた。

その大江山へは、小学校の頃から毎年五月五日の鬼嶽稲荷《おにがだけいなり》神社の祭礼に、兄弟三人で近所の仲間といっしょに登頂参拝していた。そして、母が渡してくれた梅干入りの握り飯と僅かではあるが小遣《こづか》い銭《せん》を持ち、息を弾《はず》ませながら登った日の少年時代が思い出された。

大江山の中腹に位置する鬼嶽稲荷神社の周辺は、広大なブナ林が広がり、西日本では珍しい月の輪熊の一大生息地ともなっていた。神社直下の急登では、三男平蔵の身体を前方から長男哲蔵が手を引き、そして自分が後ろから平蔵の腰を押して登った祭礼の日の想い出が懐かしく蘇っていた。

三〇五六高地への登りは、またしても樹林帯の藪《やぶ》こぎとなった。先頭に立つ村の若者二人が、山頂への方向を確認しながら少しずつ進んでいく。村を出発してから、二日目であった。厳しい太陽の照り付けが強いその日の昼頃のことであった。

「これは、まるで植林のあとの根刈《ねが》りか枝打ちの伐採仕事じゃのう」

鈴木上等兵が、敵との遭遇もなく刈り込み作業をしている自分を自嘲気味に言った。彼は、綾部《あやべ》の山間部で育ち、五人兄弟姉妹の三男として農作業に従事しながら、所有する山林の下草刈りや枝打ち作業の仕事もこなしていた。それだけに、ミンタミ山地での伐採をする中で故郷での山林仕事を思い出していたのである。

「ほんまじゃのう、久しぶりに山師《やまし》にかえったみたいじゃのう」

古河上等兵が笑いながら相槌をうつ。他の分隊員たちも顔を見合わせながらうなづいた。

それからまもなくして、分隊が三〇五六フィート峰《ほう》の頂上からおよその距離にして五百メートルほどの手前に来たときであった。先導役の案内人の一人の青年が、手をかざして止まれの合図を無言で行った。分隊に緊張が走った。

文蔵は、素早く双眼鏡を取り出して彼の指差す方向を注視した。その頂上部森林の中に、数人の小さな人影が動いているのが見えるのを確認できた。それは、敵のインド兵が監視所であるトーチカ（掩蓋《えんがい》）の周辺を巡視している姿であった。

「敵陣地発見じゃ。やっぱりおったど」

文蔵は、即座に通信兵の大槻一等兵に対して、イギリス軍監視所の地点と概況を無線にて中隊へ連絡することを命じた。監視所に対して、どのように行動するかについての最終判断は最終的には聯隊の方針に委《ゆだ》ねなければならない。

大槻一等兵が声を潜めるようにして交信する。文蔵自身は、斥候部隊として監視所の存在を発見したことでその役目を果たしており、そこを迂回して再度のタム・シッタン間における斥候活動を継続すべきだと考えていた。トーチカを攻撃することは、日本軍の進軍を察知されることとなり、少人数の分隊のみでの攻撃は死を意味していた。交信後しばらくして、大槻一等兵が文蔵の方に体を向け、緊張した表情で中隊長の命令を伝えてきた。

「分隊長殿、聯隊本部は、本日中に敵陣地を攻撃して殲滅《せんめつ》せよとの命令です」

「なにい、攻撃せいじゃと。馬鹿め」

文蔵は、低いが怒りを込めて言い放ちながら、大槻一等兵の手から無線の受話器を取り上げて、中隊長を交信に出すように伝えた。僅か八名の分隊員のみで、重機関銃で防禦されている頑丈《がんじょう》な敵のトーチカ陣地を殲滅するなど愚の骨頂だと考えたからである。彼は、戦術として明らかに間違っていると判断した。そして、部下を無駄死にさせたくはなかった。すぐに中隊長が交信に出た。

「分隊長の佐藤軍曹です。敵監視所と思われるトーチカ発見の連絡をいたしましたが、攻撃殲滅の命令は本当でしょうか」

「そのとおりだ。聯隊本部はすぐに攻撃を開始しろとの命令だ」

「中隊長殿、それは我々分隊の任務ではありません。分隊の任務はタム・シッタン間の策敵行動であり、戦闘行為は任務外のことです。それが中隊の斥候として派遣した任務なのではありませんか」

「……」

「その任務を放棄して、わが分隊の僅か八名で攻撃することは非常に困難です。我々に与えられている任務は斥候です。中隊長殿、再度聯隊に対して攻撃命令を中止し、本来の任務を続行するように交渉してください」

「……」

受話器の奥で、第一中隊長の不破《ふわ》章《あきら》大尉が思いつめるように思案している姿が想像できた。

しばらくして、彼はその重い決定を告げた。

「佐藤軍曹。気持ちは分かるがこれは聯隊本部としての軍命令だ。私の上申《じょうしん》によって覆《くつがえ》るものではない。タム・シッタン間の斥候任務は他の分隊と交代だ。とにかく、敵を発見した以上はその場で殲滅せよとの命令だ。辛いだろうがわかってくれ」

数々の戦闘を経験してきた歴戦の中隊長は、文蔵の言うことは充分理解できたが、ここは戦場であり軍命令である限り撤回することは不可能であることを再度告げた。

「……わかりました、中隊長殿。命令とあれば仕方がありません」

文蔵は、一瞬の間を置いて、これ以上言っても無駄だと思い受話器を強く握りしめて返答した。分隊員たちも彼の言葉とその表情から、攻撃命令を受けざるを得ない分隊長の思いを受けとめていた。

文蔵は、受話器を静かに置いたが心中穏やかならない感情が高ぶっていた。そして、聯隊本部参謀《さんぼう》たちのこのような無謀な作戦計画を『愚かだ』と思った。この作戦のみならず、インパール作戦そのものを決定し命令した上級指揮官たちを『愚かなやつら』だとも思った。しかし、彼はその思いを打ち消して、軍人として軍命令としての分隊に出された「敵陣地攻撃、殲滅」を実行に移して成功させねばならなかった。

「攻撃命令が出た。残念だが軍命令だ」

「……」

「我が佐藤分隊は、本日、夜を待ってイギリス軍監視所の攻撃を開始する」

文蔵は、わざと胸を張って気丈夫《きじょうぶ》に分隊員に告げた。緊張が分隊員に走った。文蔵は、案内役の二人の青年に「チューズー、テンバーデー」とお礼を述べて、今日までの案内に対して感謝を示し、無事に村へ帰るよう命じた。彼らを戦闘に巻き込むことはできなかった。状況を察知した二人は、静かに合掌をして足早にその場を去っていった。

ビルマの二月は雨季の終わりであり、雨季と乾季の端境期《はざかいき》である。夕方から冷たい雨が降り始めた。雨は次第に激しくなり、やがて特有のスコールとなっていった。亜熱帯地方とはいえども気温は十五度前後で肌寒く感じられる。時間は、深夜の午後十二時前である。

険しいジャングルを進む日本軍。3000m級のアラカン山系を越える強行軍

文蔵は、雨を味方にして、十二時に分隊員を横隊《おうたい》に二組に分けて攻撃する横型散開《よこがたさんかい》の戦術を命じていた。左攻撃隊は、文蔵を先頭に鈴木上等兵と林田一等兵。そして右攻撃隊は、松本伍長の下に古河上等兵、中井一等兵。そして、衛生兵の河田一等兵、通信兵の大槻一等兵は後方で次の役割をさせるために待機させた。

「いいか、わしが指示するまで絶

対に攻撃するなよ。わしの手榴弾投擲《てりゅうだんとうてき》を合図として、それぞれ四ヵ所の機関銃座《ざ》をめがけて手榴弾を投げ込め。そんで、わしの突撃の命令で敵のトーチカ陣地へ突入する。いいな」

「はっ、分かりました」

スコールの中で全身をずぶ濡れにしながらも、彼らはしっかりと答えた。雨は彼らの肌まで沁み込んで体温を奪っていった。その寒さが死への恐怖と重なっていた。

「いいか、僅か八名の攻撃部隊ではあるが、どんな困難な状況にあってもあきらめるな。それから自分の命は無駄にするんじゃない。慎重に行動するように」

文蔵は、彼らの志気を鼓舞《こぶ》しながら気丈夫《きじょうぶ》に命令した。

「河田一等兵と大槻一等兵は、わしから二〇〇メートルの距離を保って付いて来い。我々に何かあれば、その旨を中隊に報告するように」

文蔵は、死を覚悟していた。それゆえに、分隊として二人の生存者を残す作戦をとった。

彼はその指示を言い終えると同時に、敵トーチカ陣地へと大きな樹木を楯《たて》としながら前進して行った。激しい雨のせいか足場は悪く草や木の根のために滑りやすかったが、逆に激しい雨音が分隊員の足音を消してくれたのは幸いであった。分隊員は、小枝を利用しながらイモリのように匍匐《ほふく》前進の姿勢をとって慎重に登っていった。

敵のトーチカからおよそ一〇〇メートル近くまで前進した時、文蔵は、目の前に三重に有刺鉄線がトーチカを防禦《ぼうぎょ》するために張り巡らされていることに気付いた。第一の有刺鉄線《ゆうしてっせん》を軍刀で切断したあと、第二、第三を切断したのはすでに敵トーチカの二〇メートル手前であった。

文蔵がトーチカを見上げると、中央の銃座《じゅうざ》の窓付近から明かりが漏れていた。雨の中に、かすかではあるが敵兵の声が耳に入った。立番の監視要員の声であろうと思われた。現在、ほとんどの敵兵は仮眠をとっている時間帯である。何名の敵兵がいるかはわからないが、監視所の規模から判断すれば二十名前後であることが予想される。

右攻撃隊の様子をうかがった。彼らも準備を完了しているようであった。しばらくの間、文蔵は慎重にトーチカ内の気配を聴取した。彼の最初の手榴弾攻撃が分隊の生死を分ける。それだけに、慎重にかつ正確に投擲《とうてき》しなければならなかった。

中国戦線以来の戦闘ということもあり、彼は胸の高鳴るのを冷静に押さえ込みながら、自らに『いくぞ』と決断していた。雨に濡れる中で、手にした九十七式手榴弾を握りなおした。連続投擲で確実に機関銃座とトーチカそのものを破壊することが要求される。再度、右攻撃隊の松本伍長に手で合図したのち、文蔵は手榴弾の安全ピンをすばやく抜いてから満身の力を込めて真上の機関銃座めがけて投擲した。

「ズダーン」

轟音《ごうおん》を発して真上の機関銃座の奥が赤い閃光とともに爆発した。同行した鈴木上等兵も、トーチカ左側の銃座に命中させていた。文蔵の第一投擲爆発を合図として、右攻撃隊も各自の持ち場から目標であるトーチカ右側二つの銃座に向けて一斉に投擲した。松本伍長たち右攻撃隊の二ヵ所への投擲も成功していた。

「突撃ーっ」

文蔵が叫び、敵陣へと駆け上ったその瞬間であった。最初の投擲爆発で敵襲を察知したトーチカの外で警戒していた立番兵士二名が、左翼方面から軽機関銃を手にして、左攻撃隊の文蔵たちを狙い打ちしてきた。一瞬の出来事であった。文蔵のすぐ背後から前進していた鈴木上等兵と中井一等兵が、雨の傾斜地にドーっと倒れこんだ。続いて、トーチカ内の爆発によって混乱した敵兵の数人が慌《あわ》てて外へ飛び出してきた。

右攻撃隊の松本伍長、古河上等兵、中井一等兵も右翼に廻り込み攻撃態勢をとって突撃した。右攻撃隊は、爆破されたトーチカの背後にすばやく廻り込み、逃げまどう敵兵との銃撃戦となった。一方、左攻撃隊でたった一人となった文蔵は、九十九式小銃で敵と応戦したが、頂上部からの立番兵による軽機関銃の連射の前に一歩も前進できなくなっていた。

文蔵は、自身の耳元で鉄帽《てつぼう》をかすめる銃弾の激しさに危険を感じた瞬間、左上腕《じょうわん》に激しい痛みを覚えた。銃弾が彼の上腕を貫通《かんつう》し、不覚にも小銃《しょうじゅう》を手からすべり落としてしまった。さらに、一人のインド兵が上部から銃剣で反撃してくるのを咄嗟《とっさ》に避けながら、素早く腰の軍刀を抜き放つや、両手に満身の力を込めて上段から振り下ろした。インド兵は、首から鮮血を噴出して倒れた。

「このくそーっ」

文蔵はなおも攻撃をやめずにとどめの一撃を彼の胸に突き刺していた。その無意識な行動には、二人の部下の無残な姿と自分を攻撃してきた敵兵に対する憎悪があった。一瞬、中国戦線にて初めて中国兵を刺殺した時の、言いようのない肉片への感触が蘇った。

続いて攻撃してきた敵兵の銃撃によって、今度は左太ももを打ち抜かれ、彼は大きく体制を崩して斜面に倒れ込んだ。激痛の中で雨が頬を打つのを感じながら意識が遠くなっていくのが判った。その直後、激しい銃撃音と手榴弾が連続して爆発する音を聞いた。やがてトーチカ周辺が静寂になった。

「分隊長殿、分隊長殿」

文蔵は、耳元で右攻撃隊の松本伍長が大きく叫ぶ声で我にかえった。松本伍長の顔と衣服は血と泥にまみれていた。その直後、文蔵のはるか後方にいた河田一等兵と大槻一等兵も、文蔵の側に駆《か》けつけていた。時間にして僅か数分の戦闘であった。

「全員無事か」

文蔵は、全身の痛みの中で尋ねていた。

「……、残念ですが鈴木上等兵、林田一等兵、……戦死です」

松本伍長が力なく答えた。文蔵は、『やっぱり、そうか』と力が抜けていくのがわかった。一人の部下も死なせないという彼の決意は早くも崩れた。二人の戦死のみならず、文蔵と同じように、古河上等兵と中井一等兵は頭部と腹部を負傷してかなり重症のようであった。文蔵は、河田一等兵に二人の傷の手当を命じた。

「しかし、分隊長殿。分隊長殿の傷の出血を止めないと」

文蔵は、河田一等兵が彼の左腕と左足の負傷の大きさを見て第一に手当てをするというのを断って、とにかく二人の手当てを優先させた。河田一等兵に代わって、松本伍長が三角巾《さんかくきん》を取り出して文蔵の左上腕部と左大腿部《だいたいぶ》の出血止めを試みた。それでも血は止まらず、三角巾を真っ赤に滲《にじ》ませていった。文蔵は、あまりにもの激痛に顔をゆがめていた。

スコールの雨がさらに激しくなってきた。激痛の中でも、彼は一旦分隊をトーチカ内に避難させるよう指示した。そして、戦死者と負傷者をそれぞれが分担して搬送していった。彼自身、起き上がろうとしたが力が入らず立てなかった。松本伍長が文蔵の肩を支えながら、トーチカ内へ搬送しようと試みた。文蔵も痛みをこらえながら一歩ずつ登っていった。意識だけははっきりしていた。雨は依然として激しく降り続いた。

トーチカ内は、手榴弾の爆発で天井の大半が大きく崩《くず》れ落ちており、軍事物資と共にイギリス兵とインド兵の死体が散乱していた。物資の焼け焦げた臭いと敵兵の死臭が混ざりあうトーチカ内は、凄惨《せいさん》たる地獄の様相を見せていた。

河田一等兵が三角巾を取り出して、再び文蔵の左腕と左足の止血をほどこした。かなりの出血を伴っており、再び激痛が走った。大槻一等兵が、近くの枝木《えだき》を切り倒して彼の左足に添《そ》え木をして固定した。その大槻一等兵に、文蔵は、このミンタミ山地三〇五六高地における戦闘状況とその結果を中隊に連絡する旨を命じた。それを命じた後、彼はゆっくりと身体を起こし、松本伍長の手を借りて戦死した鈴木上等兵と林田一等兵の傍《そば》へ行き、足を投げ出して座り込んだ。

「すまなんだのう。鈴木、林田」

雨と血にまみれた二人の部下の亡骸《なきがら》をゆっくりとさすりながら、文蔵にはそれ以上の言葉が思いつかなかった。そして、彼ら家族の悲しみを想像する時、文蔵は一層暗澹《あんたん》たる感情がわきあがってくるのを抑え切れなかった。涙は分隊員たちに見せなかったが、心の中で泣いていた。

鈴木上等兵は、分隊内においては常に沈着冷静に行動する模範兵士であった。除隊後は、同年兵の古河上等兵と同様に許婚《いいなづけ》との結婚を楽しみだと文蔵に語っていた。

林田一等兵は、母子家庭の一人息子として苦労しながら一家を支えてきた孝行息子であった。故郷の村には、母と祖父が彼の無事帰還を待っている。文蔵は、一人息子を失った母親の心情を思うとき、形容し難い不憫《ふびん》さがつのった。そして、脳裏に彼の母が林田一等兵に言った「生きて還れ」の言葉が浮かんだ。文蔵の心はとりとめもなく乱れた。そして、あらためて、ここが戦場の最前線であることを認識させられた。文蔵自身もその手でインド兵を殺めたが、彼にも家族がいるのである。

イギリス軍は、三〇五六フィート地点の基地に関して、通信連絡が途絶えたことをもってやがてその状況把握のために援軍が到来することが予測できた。それゆえに、いつまでもトーチカ内にいることは危険であった。

『さて、どうするか』

文蔵が、痛みを我慢しながら思案していた時である。

「分隊長殿、息のある敵兵が一人います」

突然、附近を探索していた河田一等兵が大きな声で叫んだ。

「何、生きとる。やってまえ」

普段は陽気な古河上等兵が、そういい終わるや銃を持って河田一等兵が指差す方向に横たわるイギリス軍傭兵《ようへい》のグルカ兵に駆け寄ろうとした。彼自身、頭部と腹部に銃撃を受けていただけに敵兵に対する憎悪は大きかった。グルカ兵とは、イギリスの植民地であるネパール出身の山岳民族兵の呼称である。山岳地帯の戦闘において、その民族性から俊敏《しゅんびん》で勇猛な兵とされていた。イギリスは、インパール戦のような山岳戦において、彼らのそうした働きに期待して多くのグルカ兵を参戦させていたのである。

「古河、待てっ、待つんじゃ。殺すな」

文蔵は、座ったままの姿勢ながら強い口調で命令した。

「どうしてでありますか」

「とにかく、手を出すな」

「しかし分隊長殿、一人でも生かしておけば我々日本軍の動きが敵に通報されます」

「わかっとる。わかっとるんじゃ。けど、倒れとるもんは殺すな」

文蔵は、つい先ほど、自分を攻撃してきた敵兵にとどめを刺すという残忍な行為を自らが実行しているにもかかわらず、重症の敵兵を前にして刺殺しようとする古河上等兵の行動を制止させていた。なぜそのような咄嗟《とっさ》の行動をとったのか、彼自身もわからなかった。そして、衛生兵の河田一等兵に、その敵兵への手当てをするよう命じた。

文蔵のその命令には、古河上等兵のみならず松本伍長も強く反対した。死ぬか生きるかの激しい戦闘の後であっただけに、全員、敵兵に対する憎しみは強く激しかった。

「あかん。殺したらあかん。……これは上官として、分隊長としての命令じゃ」

文蔵の「殺すな」という強い命令に対して、トーチカ内に一瞬の沈黙が出来た。

間をおいて、河田一等兵がゆっくりと負傷したグルカ兵の側に歩を進めて腰を下ろし、大槻一等兵の手を借りて応急の手当てを施していった。グルカ兵は、頭部と腹部を手榴弾の爆裂によって負傷したためにかなりの重症であった。河田一等兵は、彼の患部を消毒した後、止血剤《しけつざい》を塗り込み三角巾を巻きつけて応急手当てを施《ほどこ》した。

血だらけとなっていたグルカ兵は、手当てをした河田一等兵たちに、かすかな意識の中にありながら手を合わせて何かを言った。彼の感謝の意であることに気付いた河田一等兵は、そのグルカ兵に向けて笑顔でうなずいてやった。重傷のグルカ兵が、この後生きるか死ぬかは誰もわからなかった。英印軍の援軍が早く到着すれば助かる確率は高い。

河田一等兵と大槻一等兵は、彼の手当てをした後、トーチカ内を一巡して倒れている敵兵にまだ生存者がいないか確認していった。しかし、手当てをしたグルカ兵以外には生存する敵兵はいなかった。

「分隊長殿。手当ては終わりました。それから、彼のほかには生存していると思われる敵兵はいません。以上であります」

「そうか、ご苦労じゃった」

「それより、分隊長殿、痛みはありませんか」

「大丈夫じゃ、大丈夫じゃ。わしらは大江山の鬼の末裔《まつえい》じゃ、これぐらいの傷はどおってことないわい」

文蔵は、分隊員に心配をかけたくなかったので、痛みをこらえながらもわざと冗談を交えて強がった。そして、松本伍長を呼びだし、戦死した二人の小指を切り落として持参すること、さらにその亡骸《なきがら》をトーチカから少し離れた樹林帯の中にねんごろに埋葬することを命じた。それが終了次第、分隊は早急にこの地点から離脱することを命じた。

トーチカの周辺は、激しい雨が依然として降り続いていた。

八　アラカン山系における戦闘

佐藤軍曹率いる分隊が、ミンタミ山系の樹林帯を抜けてタム村が遠くに見渡せる山麓地点に降り立ったのは、三〇五六高地での戦闘から十日以上が経過していた。かなりの日数を経ている。その理由は、文蔵の左足の負傷が思うように回復せず、歩行が困難であったことにある。古河上等兵と中井一等兵の負傷も、分隊の動きを緩慢《かんまん》にしていた。何よりも、傷の手当のための充分な薬品が不足していた。さらに、タムを遠望《えんぼう》する山麓にたどり着くまでに、食料の補給が充分でなかったことも彼らの体力回復を遅くしていた。雨季の終わりとはいえども、降り続く雨にその体力も奪われていた。

あれほど屈強であった佐藤分隊は、三〇五六高地の戦闘によって大きく戦闘能力を弱体化させていた。敗残兵の集団とも形容すべき分隊となっていた。自力歩行できない文蔵は、軽傷であった松本伍長たちに背負われて英印軍の追撃を避ける地点まで撤退し、そこで全員を休養させていたのである。

それゆえに、三〇五六高地からの離脱後の行軍は極めて遅く難航した。分隊は、中隊からの無線連絡によってその斥候《せっこう》任務を解除され、急がずにタム地点に集合する旨の命令を受理していたが、いつもの佐藤分隊の力を発揮するためにはかなりの日数を要することは明らかであった。

「分隊長殿。あの向こうにかすかに見える集落がタムの村だと思います」

「そのようじゃなあ」

文蔵は、松本伍長の声に安堵感をもって答えた。ようやくして、彼の分隊はミンタミ山系からカボウ谷地《こくち》（渓谷《けいこく》）を見下ろす山麓に到着することができた。眼の前には、渓谷というよりも平原が広がり、その中に丘陵地が点在していた。そのはるか向こうにこれから向かうアラカン山系の高い峰々が連なる。その山々は、今まで彷徨《ほうこう》していたミンタミ山地とは比較にならない高さと広がりをもって展望できた。だが、彼は眼前に広がる平原が、雨季のために沼地のような河床道《かしょうどう》となっていることに不安を高めていた。やがては、乾季を迎えてしだいに改良はされるであろうが、現状では第一大隊の行軍移動にはかなりの困難が伴うことが予想できたからである。

文蔵の分隊は、降り立った麓の小さな村で、水と食料の補給を受けて分隊員の体力を回復させようとした。当初、村人たちは、そのうす汚れた日本の軍人集団に対して警戒心をもって見つめていたが、分隊員たちの憔悴《しょうすい》し疲弊《ひへい》しきった負傷姿を見て態度を変えた。村長を先頭にして、村人たちはこころよく彼らの要求に応えてくれた。その好意にたいして、文蔵は、『これも仏教国ビルマのおかげなんじゃなあ』と深く感謝していた。同じ仏教国の人間として、彼らが自分たちにたいして慈悲《じひ》の気持ちを持って接遇してくれているのだと理解したのである。

文蔵は、軍人としてこのビルマの地に足を踏み入れたのであるが、分隊が訪れた多くの村々において、村人たちが好意的に接してくれたことが何よりもありがたかった。そして、その行為が彼らを救っていたのも事実であった。そのことは、村人たちは、確かに文蔵たち日本軍を「支配者」として捉えていたということもあるが、それ以上に、ビルマの地を訪ねてきた「隣人《りんじん》」のごとく自然の心で接遇してくれているのではないかと思えたのである。

文蔵たちが次に向かうタムは、インパール平原へとつなぐアラカン山系の南を東西に貫く二つある道路のうちの一つで、パレルへ抜ける入口となっていた村である。そのために、そこには日本軍を迎え撃つイギリス軍の堅固な陣地が構築されており、戦車部隊も配置させるという強力部隊が駐留していた。さらに、そのタムからインパール平原へと抜ける出口には、イギリス軍の一層強固な航空基地を併設したパレル基地が日本軍を待ち受けており、その間の山中にも各所に堅固な陣地が設営されていた。

イギリス軍は、日本軍がこの道を利用してインパールへと進撃してくることをすでに想定しており、偵察飛行を連日実施して日本軍の動向を確実に察知していたのである。日本軍は、このタムへ、第三十三師団の山本募《やまもとばく》少将指揮する戦車を含む機械化部隊の一個旅団《りょだん》を進撃させて行った。

それを迎え撃つのは、イギリス第四軍団の第二〇師団であった。しかし、文蔵の分隊が所属する第一大隊（吉岡部隊）は、その後の戦況において、山本支隊の到着が遅れることで、この第二〇師団の強力な攻撃によって大きな犠牲を出すという結果になる。

文蔵たちが休養していたタム付近のカボウ谷地の集落上空を、日に何度となくイギリス軍偵察機が低空で飛来して日本軍に対する監視を継続していた。

第十五師団の主力部隊は、すでにウントーを経てチンドウィン河東岸のパウンビンから西岸のタウンダット付近を工兵隊の軍用折りたたみ舟によって渡河していった。その後、師団の主力の右突進隊には聯隊長松村弘大佐《まつむらひろむ》が指揮する第六〇聯隊、そして尾本喜三雄大佐《おもときみお》が指揮する第五一聯隊が左突進隊としてアラカン山系を踏破し、それぞれ両面からインパールへ進撃していくことが計画されていた。

第六〇聯隊主力である第一大隊は、当初その左側支隊として聯隊を支援してタウンダットからカボウ谷地を南下し、山本支隊に協力しながらタムよりアラカン山系を踏破し、パレル経由でインパールを攻撃することを命じられていた。

インパール戦は、昭和十九年三月八日、南方攻撃隊である第三十三師団の主力部隊がカレワ付近よりチンドウィン河を渡河したことによって実質的に開始されていた。

それによって、吉岡忠典《よしおかただのり》少佐が指揮する第六〇聯隊第一大隊は、師団司令部命令により、三月十五日の夜タウンダット南側地区へチンドウィン河を渡河した後、急峻なミンタミ山系を越えてカボウ谷のミンタ付近に進出している。さらに、タム方面に対し師団の左側背を援護して、おおむね左突進隊の第五一聯隊（尾本部隊）の突進路に併行してその南側地区を「インパール平地東北角高地」に向かい突進せよとの聯隊命令を受けた。第一大隊は、河床道となっているカボウ谷地をアラカン山系側に何度も迂回しながら前進した。そして、三月二十日、ようやく大隊主力はミンタに進出することができた。

その頃、ビルマの季節はすでに乾季を迎えていた。それゆえに、インパール作戦は乾季が終わる五月までにイギリス軍の要衝地《ようしょうち》インパールを制圧することが絶対条件となっていた。再度の雨季を迎えることになれば泥濘《ぬかるみ》の中での作戦遂行が極めて困難となり、そのことは、各兵士が持参した食料も途絶えることを意味していた。

第十五軍の作戦に、後方からの兵站《へいたん》という補給計画は当初より無かった。各兵士には僅か二十日分の食糧を自らに携行させるのみで、二〇〇〇メートル級のアラカン山系の密林地帯を突破してインパールを制圧し、敵の食料・弾薬を奪取するという極めて無計画・無責任な作戦であった。結果的に、各師団は、食料と弾薬を使い果たして撤退せざるを得ない作戦に投入されていったのである。

文蔵が所属する第一大隊は、翌日の三月二十一日、再度の命令変更を受信する。それは、以後第十五師団（祭《まつり》兵団）を離脱して、第三十三師団（弓兵団）傘下の山本支隊（山本幕少将）の指揮下に入る旨の命令を受理したのである。いわば、兵団（師団）本隊を離れて他師団の部隊として行動することを命じられたのである。この時点で、吉岡大隊長は「よそ者部隊」の宿命として、危険な作戦任務を負わされるであろうことを予測していた。

大隊は、当時において、すでに第三中隊を他部隊に抽出されており、今や文蔵たちの分隊が所属する第一中隊と第二・第四の三個中隊に一機関銃中隊による編成となっていた。兵員数は約一千名で、しかも旧式の山砲をわずか一門と工兵隊の一部を擁《よう》するだけの部隊であった。

一方、第三十三師団所属の山本支隊は、支隊ながらも中・軽戦車三十数車輛、速射砲《そくしゃほう》八門、山砲《さんほう》十三門、十五榴弾砲《りゅうだんほう》八門そして加農砲《キャノン》八門を装備する機械化部隊であった。ただし、歩兵要員はわずか七個中隊にすぎなかった。そのことが、第六〇聯隊第一大隊をその指揮下におくことで歩兵部隊を充足させることが意図されていたのである。

文蔵の分隊は、第一大隊が聯隊から離脱して山本支隊傘下となる前の三月十九日、ぬかるんだ渓谷を抜けてタムの北方クンタン付近に到着することができた。さらに、ようやく本来の所属である第一大隊と合流したのは三日後の三月二十二日の昼過ぎで、大隊が駐留するミンタ付近であった。その時点において、通信兵として斥候任務に同行していた大槻一等兵は、通常の中隊任務に就くこととなった。

文蔵は、大槻一等兵に、分隊への通信協力に感謝するとともに、その間の行軍と戦闘の苦労に対するねぎらいの言葉をかけて感謝の気持ちを表した。他の生き残った分隊員たちも、お互いの無事と今後の健闘を誓い合った。

こうして佐藤文蔵軍曹率いる分隊の現有兵力は、分隊長の文蔵と、松本伍長、古河上等兵、河田一等兵、中井一等兵の総員五名の分隊として新たに出発することとなった。ウントーを一月十一日に出発して以来、二ヵ月以上を分隊のみで行動してきた作戦がここにひとまず終了した。

彼らが中隊と合流した前日の三月二十一日、第三十三師団の山本支隊は、すでにモーレ北方高地並びにシボンにおいて、敵の有力な戦車部隊と砲兵部隊の応戦によって苦戦を強いられていた。その連絡を受理して、急遽大隊は駐留地のミンタを出発してイギリス軍陣地の在《あ》るクンタンに向けて進撃を開始しなければならなくなった。しかし、クンタンに駐留していた戦車部隊を含むイギリス部隊は、大隊との陣地付近での激しい戦闘が開始される予想を裏切って、すでに第一大隊の南下に合せるようにその地を退却していた。

イギリス軍を統括するカルカッタに本部を置く第十四軍団のM・V・スリム中将は、タム北方に布陣《ふじん》していた第四軍団指揮下の英印軍第二〇師団に対して、撤退の指示を与えてパレル・タム街道に位置するテグノパールの陣地まで後退することを命じていた。この撤退作戦は、日本軍をインパール平原に誘い込み、英印軍の重《じゅう》火砲を配した精鋭機械化部隊の反撃によって日本軍を徹底的に殲滅《せんめつ》する作戦であった。

アラカン山中での日本軍将兵の攻撃

そのような敵の作戦を知らない大隊主力は、タムに向けて進撃を開始する。その後、尖兵中隊である第二中隊がタム北方の二二〇六高地にて苦戦し苦境に置かれているという連絡により、文蔵たちの分隊が所属する第一中隊がその救援部隊となって急遽派遣されることになったのである。

二二〇六高地の敵基地一帯は、原始林の巨樹が密生する鬱蒼《うっそう》たる亜熱帯のジャングルに覆われていた。前進する先には、周囲に何重にも有刺鉄線が張り巡らされた敵の防御《ぼうぎょ》陣地が敷かれていた。第一中隊は、夕刻になってから第二中隊の右翼に展開しながら樹林帯を敵陣へと攻め登っていった。

文蔵は、先頭を行く所属する第四小隊長中島少尉のすぐ後ろに位置しながら、ミンタミ山地での三〇五六高地の円形トーチカを思い出していた。二二〇六高地の基地は、それとは比較にならない大きな陣容を備えていた。山側から敵の迫撃砲の凄まじい音が連続する。じわりじわりと樹林を楯に匍匐《ほふく》前進していくが、敵の迫撃砲に加えて重機関銃と軽機関銃そして自動小銃による凄まじい連射によって、小隊は突如身動きがとれない状態に陥っていた。

その猛烈な砲火を前にして、文蔵はこのビルマ戦線での戦闘が、中国戦線の戦いとは大きく異なっていることに気付いた。それほどまでに、英印軍の武器性能とその軍事力は非常に強力なものであった。

『これは、やられる』

文蔵は、これまでの戦闘体験から判断することで、小隊の全滅を危惧して退却を小隊長に進言《しんげん》した。

「だめだ。突撃だ。他の小隊も突撃している」

中島小隊長は、彼の進言を即座に一蹴《いっしゅう》した。

「小隊長殿。この砲弾と銃撃に対して突撃すれば多くの犠牲者が出ます。撤退を」

文蔵は、再度、中島小隊長を促すように強く大きな声で要請した。

「命令だ。弱腰な事を言うな」

中島少尉がそう言い放った時であった、右隣を進んでいた他の分隊に敵の迫撃砲《はくげきほう》が直撃した。

分隊員数人が爆裂の中で吹き飛ばされた。周囲の木々が木っ端微塵《こっぱみじん》になぎ倒されていく。火薬と土の臭いが立ち込める。それを見た文蔵は、中島小隊長の襟を後ろからつかみこんで手前に力を込めて引いた。小隊長は、どーっと文蔵の胸の前に崩《くず》れ落ちた。

「第四小隊、撤退」

文蔵は、小隊長を抱え込むと同時に大きく叫んだ。即座に、小隊長の首を抱え込んで脱兎《だっと》のごとく下方へ引きずりおろしていった。そして、一〇〇メートルばかり下った大きな窪地《くぼち》に小隊を集合させた。その地は、窪地の土手部分が敵からの砲撃を遮断していた。

「貴様あっ、上官の命令を無視して勝手なことをするなっ」

真っ赤な顔で立ち上がった中島小隊長が、文蔵を指差して罵倒《ばとう》した。その瞬間である。文蔵の鉄拳《てっけん》が中島小隊長の顔面を一撃していた。中島小隊長は、背後に数メートル吹っ飛んだ。鼻血が飛び散る中で彼はさらに叫んだ。

「何をするか、貴様あ。重営倉《じゅうえいそう》だ。許さん」

「黙れい。この戦場で重営倉もくそもあるか」

鬼の形相をした文蔵が仁王立ちとなって小隊長をにらみつけた。

「貴様は、指揮官失格じゃ。何が突撃じゃ。あの銃砲弾の中を突撃してどうなる。貴様こそ部下を犬死させるつもりかあーっ」

幹部候補生出身の若い中島小隊長は、歴戦の軍曹である文蔵の足元で蛇《へび》ににらまれた蛙《かえる》のようにばたりとへたり込み、視線は前方を見つめて放心状態となっていた。

「軍人としてあるまじき行動をとってしもうたが、あの場はああする以外になかろうが」

「……」

「小隊員の命を無駄にさせるわけにはいかんじゃろうが。わしへの処罰は当然受けるが、とにかく小隊長として、この場は一旦退却の命令を出してもらいたい」

「……、わ、わかった。退却しよう」

中島小隊長は、観念したかのように文蔵の要請を素直に受け入れた。しばらくして、大隊命令による撤退命令も出されたが、この戦闘によって、大隊は三十余名という多数将兵の戦死と負傷を出すにいたり、ついに攻撃を頓挫《とんざ》させねばならなかった。


山本支隊の機械化部隊がこの方面に派遣された理由は、パレル・タム間の英印軍の要衝地シボン、チャモール、テグノパール等の陣地を突破してインパール平原のパレル基地を占領することで、平原を南方より進軍してくる本隊の第三十三師団主力並びにアラカン山系を踏破した中央突破の第十五師団の兵力をもって、インパールを一気に攻略する作戦が構想されていたからである。したがって、英印軍側も、このタム・パレル間の山域《さんいき》には機械化部隊を含む精強な第二〇師団を配置していた。それゆえに、支隊は二二〇六高地での戦闘に見るように、英印軍の強力な重火器類による砲列弾に遭遇することになったのである。

文蔵は、この戦いを体験する中でその前途に大きな不安を感じ取っていた。それは日本軍の小火器類に対して、英印軍の近代的な機械化部隊による重火器との差、そして何よりも、彼らの精神と肉体を支える食料の絶対量の不足を危惧《きぐ》していた。文蔵自身、彼の残る四人の部下たちの、日に日に痩《や》せ衰え疲弊していく姿が現実のものとしてあった。

銃撃戦の合間の静寂《せいじゃく》の中において、彼は『なぜだ』という戦争の理不尽《りふじん》さを前にして、自分自身ではどうにもならない現実に打ちひしがれていた。

中でも、部下である河田一等兵が目に見えて憔悴《しょうすい》していく姿を見る時、文蔵はこのまま戦場放棄をして彼らを日本の家族のもとに無事送り届けたいとの思いに駆《か》られていた。だが、彼はその思いを即座に打ち消すとともに、一瞬であろうともそのように考えた自分を恥じねばならなかった。ここは、日本から遠く離れたビルマの地であること。そして、自分たちは戦場のただ中にいる軍人であることの現実を見つめなければならなかった。そのことを、分隊長として、皇軍兵士《こうぐんへいし》としての恥であることと受けとめねばならないこともよくわかっていた。

文蔵の五年以上に渡る軍人として姿勢の中には、昭和十四年一月に二等兵として入営して以来、二十六歳となった今、無意識ではあるが、徹底して叩き込まれた皇軍兵士としての二つの行動規範が存在していた。

一つは、明治十五年に明治天皇によって陸海軍軍人に下賜された「軍人勅諭《ぐんじんちょくゆ》」である。「軍人は忠節《ちゅうせつ》を尽《つく》すを本分とすへし」を第一として、「武勇を尚《たっと》ふへし」など礼儀、信義、質素の五つの徳目である。二つは、昭和十六年の「戦陣訓《せんじんくん》」であった。これは東条英機陸軍大臣の命によって、支那事変《しなじへん》の長期化による厭戦《えんせん》と軍規の動揺に対して、「軍人勅諭」を補足するものとして出された軍人としての行動規範の訓令《くんれい》（陸訓一号）である。「生きて虜囚《りょしゅう》の辱《はずかしめ》を受けず、死して罪過《ざいか》の汚名を残すこと勿れ《なか》」に代表される極めて督戦的《とくせんてき》な訓令である。軍人として在籍している限り、これら二つに示された規範の呪縛《じゅばく》から将兵は逃げることができなかった。

それでもなお、他方で、文蔵は彼の人生の中で獲得した人としての生き方を実践することの大切さも決して捨ててはいなかった。戦場にあっても、軍人である前に、物事に対して、人としていかに行動すべきかを、自分の信念にしたがって実践すべきだと決意していた。その土壌となっていたものは、文蔵が幼きころより体験してきた、貧しい生活体験の中から得た一生懸命に生きるという人間としての在《あ》り方が原点としてあった。


少年時代、文蔵は小学校から帰宅すると、いつも祖父の手伝いをするために野良仕事や山仕事に出かけた。山仕事の手伝いは、鋸《のこぎり》と鉈《なた》を使って樹木を伐採する力仕事ではあったが、祖父の孫である文蔵への慈《いつく》しみのためか決して辛いという認識はなかった。彼にとっては、ひたすら一生懸命に働くことが当たり前の生活だとの思いがあった。

同じように、日曜日には、母松江の週一回の行商を助けるために、数キロメートル先にある河守《こうもり》鉱山の宿舎へ三キロの山道をパンや菓子を背中に背負って運んだ。河守《こうもり》鉱山は、日本鉱業《にほんこうぎょう》会社が銅鉱石を主力として産出しており、その他硫化鉱石、クロム鉱石、そして僅かではあるが銀鉱石なども産出する中規模の鉱山であった。

しかし戦時のため、その産出量の増加が命じられており、作業場は多忙さの中で混沌《こんとん》としていた。そうした中、文蔵は母とともに鉱夫たちが住む長屋へと行商に出かけたのである。そのことも、文蔵にとっては当たり前の生活の一部であった。

文蔵は、母の歌う「昔丹波《たんば》の大江山《おおえやま》、鬼《おに》ども多くこもりいて……」の唱歌を共に口ずさみながら、山道を登っていった。その日の仕事を終えての夕闇が迫る帰路、春から秋にかけて、母はいつものように文蔵を二瀬川の川原に誘った。そして、鬼が腰掛けたとの伝説が残る大きな石の上に「よいしょ」と声を出して腰を下ろし、流れる額の汗をぬぐった。

石の上にすわる二人に、川の上流から吹き降りる涼しい川風が頬をかけ抜けた。母子《おやこ》は、売れ残ったパンとラムネで腹を満たして疲れを癒《いや》した。それは、貧しい生活の中ではあったが幸せなひと時であった。

「文蔵、おおきにやど、今日もがんばってくれたのう。これもおまえのおかげじゃ。かあちゃんは助かるで」

文蔵は、母のその言葉の中に、一日の疲れを吹き飛ばす喜びを感じていた。ただ、冬季の行商は、一メートル以上の雪道が二人の歩みを困難にした辛いものがあった。

そうした貧しかった文蔵の少年時代は、学芸会の時の辛い思い出と共に、小学校四年生の時の想い出もほろ苦いものとして残っていた。

それは、三学期の始業式の朝のできごとである。文蔵たちの小学校では、始業式に正月の餅を各自三個以上持参することになっていた。その理由は、全国の貧しい子どもたちへの協賛事業として、餅《もち》を供出《きょうしゅつ》すると学校が決めていたことによる。

しかし、文蔵たち三兄弟はそのことを母に言うことをためらっていた。わが家には、餅を他人に供出するだけの余裕がなかったことを三人とも知っていたからである。家では、正月行事に使用するための餅をわずかにつくだけであった。文蔵は、六年生の兄である哲蔵と相談して持参しないことを決めていた。それゆえに、母には黙って学校へ行くつもりであったが、始業式当日の朝に一年生の弟平蔵が餅持参を母に正直に言ってしまったのだ。

「そうか、そうか」

母松江はそれを聞いて、正月後に残していたわずかの餅と神棚《かみだな》に飾っていた餅の中から良さそうな餅を選んで、三個の餅を包んだ紙袋を三人にそれぞれ手渡した。文蔵は、母が常日頃言っていた「弱い立場の人」への心遣《こころづか》いが、子ども心に嬉しかった。

「かあちゃん、かめへんのか（かまわないのか）」

文蔵は、申し訳なさそうに紙袋を押し返そうとした。

「あほう。……そんなことはおまえが気にせんでもええんじゃ。もっていっちゃり(持っていってあげなさい)」

母は、笑顔を見せて文蔵の手をゆっくりと突き返した。

『学校は、わしらのこと知っとらんのかのう。なんで、わしとこみたいに貧しいもんが、全国のこまった人らに餅をあげにゃ（さしあげる）ならんのじゃ』

文蔵は、正直にそう思った。それも、彼のほろ苦い想い出の一つとして残っている。

九　ライマトル・ヒル攻防戦

　四月二十八日、吉岡大隊長は各中隊に対し、当初のインパール攻略予定は天皇誕生日の明日四月二十九日の予定であったが、そのインパール入城は完全に不可能となったことを告げた。大本営は、インドのアッサム地方とビルマにおける五月初旬から最盛期六月の世界的雨季を避けて、乾季である三月から雨季が到来する四月下旬までの約一ヵ月間で作戦を終了させる計画であった。

　山本支隊は第一大隊に対して、次の攻略地点である英印軍のランゴール陣地へ進撃することを命じた。ランゴールは、インパール平原を眼下に望むことができる山上の高台地点であった。その地の南東部には、まず目指すべきパレルの英印軍の広大な基地が設営されている。したがって、パレル攻略のためには、その基地を防禦するための要衝《ようしょう》であるランゴールを押さえる必要があった。しかしながら、四月下旬以降、それを察知するかのようにして英印軍は日本軍に対する偵察機を何度も飛来させていた。

　そして今、ビルマは乾季を終えて雨季の季節を迎えていた。作戦は、それによって将兵の体力を次第に消耗させていった。スコールと呼ばれる凄まじい雨は「棒雨《ぼうう》」となり、少雨と周期的に入れかわりながら日本軍将兵の体力を次第に消耗させていった。

　五月一日、英印軍は第一大隊の陣地に向けて、精強な重火器部隊と歩兵部隊を出撃させて砲爆撃を開始した。大隊も奮戦するが、敵の激しい砲爆撃を前にして被害は拡大していった。

第一大隊は、一旦テグノパールに撤収して再度の攻撃命令を待つことにした。山本支隊からの命令は、「吉岡大隊は補給を受けたるのち、パレル基地から南東一六キロメートルに位置するライマトル・ヒル地区に進出し、同高地の敵を攻撃せよ」というものであった。タム・パレル間の北方地点に位置するライマトル・ヒル（五一八五高地）は、頂上直下に英印軍によるトーチカを配した堅固な陣地が敷かれ、陣地周辺には鉄条網を四重にも張りめぐらせたパレル防衛としての要衝陣地であった。インパール平原入口のパレルへ向かうためには、どうしても占拠《せんきょ》しなければならない関門であった。

この時点における第一大隊の人員は、チンドウィン河を渡河した時点で約一千名いた将兵が、これまでの戦闘によって多数の死傷者を出し、現時点において一個中隊に相当するわずか二百名足らずの兵力に激減していた。その将兵はといえば、食料不足やマラリア・赤痢《せきり》等の熱帯病に冒《おか》され、さらには激しい雨によって体力を奪われてやせ衰え、その戦闘能力は極度に低下していた。文蔵の残り少ない部下たちも同じ状態であった。

そして何よりも、彼ら多くの将兵にとって、インパール戦を戦う大義《たいぎ》を見出すことができなくなっていたことが大きい。上官たちは、この戦いによって英米連合軍の戦線を分断し、この大戦を有利に終結へと導く皇軍としての崇高な使命があると訓示していた。しかし、このような苦境に陥《おちい》り疲弊した兵士たちにとって、何ゆえに自分たちが遠く他国のビルマ・インドの地で戦うのかという心からの大義を見出すことなど到底出来なかった。

大隊は、五月二十三日の夜、ライマトル・ヒル陣地の北側に回り込む進路をとって出発した。

夜襲の決行は、「二十四日三時」と告げられた。山本支隊から、鉄条網破壊とトーチカ（掩蓋《えんがい》）爆破のために工兵隊が配属され、さらに攻撃時には支隊の山砲と野砲によって大隊の攻撃時に支援するとの連絡を受けていた。

攻撃開始前、またしても凄まじい豪雨が大隊の将兵を襲った。亜熱帯地方とはいえども、真夜中の高地の気温は低い。ザーッという大きな雨粒が降り注ぎ、疲れきった体力を一層奪っていく。激しい雨音は、頂上部から草木と土の臭いを運んできた。足もとが雨と混ざり合った赤土でぬかるむ。これでは陣地に近づくことが非常に困難であった。攻撃隊列は、文蔵たちの第一中隊を先頭にして、第四中隊、第二中隊の陣形で匍匐《ほふく》前進した。雨のために油断しているのか、敵陣地からは物音が全くしてこない。

イギリス軍の砲爆撃で木々が焼き払われ丸坊主となった戦場

突如照明弾が打ち上げられ、山本支隊の支援攻撃が開始される中で、砲弾が敵陣地の各所で炸裂《さくれつ》していった。それを合図に「突撃」命令が出され、文蔵たち分隊員は応戦する英印軍の銃撃を受けながら前進していった。工兵隊が素早く鉄条網を破壊切断した中を、文蔵は九十九式小銃を握り締めながら頂上部の陣地めがけて突き進んだ。

『これが最期《さいご》か』

文蔵は、敵の重機関銃《じゅうきかんじゅう》がうなりをあげて自分に向かってくる恐怖と闘いながら、ぬかるみとなった階段状に築かれた陣地を突破して頂上部近くのトーチカへ突撃していった。松本伍長以下の隊員も文蔵に続いて何度も転倒しながら這《は》い上がっていった。第四、第二中隊、そして第一機関銃中隊が続く。

文蔵は、頂上直下に位置する最も東側のトーチカの右側へすばやく廻り込み、三〇五六陣地を攻撃したと同様に手榴弾を投げ込んだ。凄まじい轟音《ごうおん》を発《た》ててトーチカは爆破された。またしても、トーチカ内より飛び出してきた敵兵との銃撃戦、そして激しい白兵戦《はくへいせん》となった。文蔵を先頭にして、分隊員たちが九十九式小銃に着装した銃剣で攻撃していった。その行動において、彼がつい先ほど感じていた恐怖は完全に消え去っていた。文蔵は、鬼の形相となって、無我夢中で小銃を強く握りしめながら敵兵に向かって突撃していた。

夜襲攻撃は、不意をくらった敵の一斉退却によって短時間で第一大隊の勝利となった。トーチカ内には、英印軍の兵器・弾薬と共に、彼らが何よりも求めていた缶詰などの食料が大量に遺棄《いき》されていた。散乱する圧倒的な食料の蓄積を前にして、文蔵は眼を見張った。そして、その物量の多さに、あらためて英印軍と戦っている自分たちに言い知れぬ不安と危機感を高めていた。

『勝てない』

彼はそのことを確信した。

英印軍が退却した各トーチカ内では、久しぶりに空腹を満たした兵士たちが一時的に休息をとって気持ちを緩めていた。だが文蔵は、その束の間の休息の中にあっても次の敵の猛烈な反撃を予想していた。

それゆえに、文蔵は、松本伍長に命じて分隊員にできる限りの食糧を背嚢《はいのう》に詰め込むことを命じた。すでに支隊より与えられた食料は少なくなっており、今後に補給される保証は皆無といえた。確実にこの戦場から生還するためには、第一に食料の確保をしておかねばならなかった。特に、疲弊した体力を強化するためには食料がなによりも必要であった。文蔵自身も、英印軍が遺棄した肉や魚の缶詰、そして燻製《くんせい》類の食料を詰め込めるだけ背嚢に押し込んだ。幸いにも、インド兵とネパール兵（グルカ兵）が参戦していたこともあって米も確保することができた。

食料を調達しながらも、文蔵の脳裏には、このライマトル・ヒルの戦闘に際して、他師団である自分たち第一大隊を前面にして戦わせたことに対する司令官への強い不満があった。文蔵は、この命令を出した山本募司令官に関しては、彼が病的なほど臆病な将官であり、普段より安全な洞窟《どうくつ》に潜《ひそ》んで砲弾が飛び交う戦場には決して姿を見せないという情報を耳にしていた。それゆえ、このライマトル・ヒル攻撃から、今後も第一大隊が一層不利な条件の下で攻撃展開させられるのではという懸念があった。同時に、敵の攻撃がすぐに開始されることを考えていた。

文蔵が予期したとおり、明けて五月五日の十時頃、敵の砲撃がライマトル・ヒルに向けて開始された。敵の砲兵陣地は、ライマトル・ヒル高地の東側の麓、パレルへと続く街道の東側一帯に陣形を構えていた。その激しい砲撃は、威嚇《いかく》を含めて止むことなく三十分間続いた。

自分たちのトーチカが狙われていると気づいた文蔵は、分隊員を引き連れてとっさに近くの塹壕《ざんごう》に飛び込んだ。それは、彼の独断《どくだん》命令によるものであった。しかし、それが正しかった。砲撃は一旦途切れたが、数分後にはさらに激しく再開された。文蔵はその物量の凄さに一層の脅威を覚えた。砲撃の間隙《かんげき》をぬって、敵の歩兵部隊がライマトル・ヒルの第一大隊が布陣する近くへと接近し、砲撃後の総攻撃体制をとっていた。第一大隊は、激しい砲弾の嵐の中で身動きができない状態に陥《おちい》っていた。

すでにこの猛烈な砲撃によって、大隊ではトーチカ内にいた吉岡大隊長が負傷し、文蔵が所属する不破《ふわ》第一中隊長は戦死していた。代って第四中隊長が大隊の指揮を執《と》っていたが、彼はこのままでは大隊全滅の恐れがあると判断して撤退命令を出した。

文蔵は、撤退命令を受けた直後、この激しい砲爆撃と歩兵部隊の突撃に対する危険を察知して、この場から離脱しなければ死に至ると即断した。

彼は周囲の地形と現在地を確認した上で、東側の敵砲兵陣地方向に一旦向かい、陣地手前から南に位置するタムへ脱出することが最良だと判断した。友軍である山本支隊陣地への直接撤退は、英印軍による激しい砲撃と敵機による爆撃攻撃が実施されておりかえって危険であった。それに対して、彼は敵の砲兵陣地側は歩兵部隊が手薄であることを見抜いていた。

「みんな、よう聴け、撤退命令がすでに出ている。もはや大隊にも中隊にも指揮系統がない。わが分隊は、敵砲兵陣地をめざしてパレル道へ向かう。前途には敵の歩兵部隊がいるじゃろうが、必ず彼らを撃退してこの死地を脱する。くれぐれも命を粗末せず、必ず日本へ生還することを肝《きも》に銘じよ」

「はっ」

隊員たちは、文蔵の「必ず生還」の言葉を励みとして受けとめた。

「それから、五人全員での行動は砲撃からの危険性が高い。じゃから、河田一等兵と中井一等兵はわしと一緒に行動する。松本伍長と古河上等兵は、わしらから五十メートル以上の距離を置いてついてくるように」

「了解しました」

松本伍長が頷《うなず》いてその命令を受けた。

「いくぞっ」

文蔵の力強い出発命令によって、分隊はすぐに行動を開始した。彼は周囲を警戒しながら真っ先に塹壕《ざんごう》を飛び出した。飛び上がるやいなや、最初に衰弱しきった河田一等兵の手を握って引き上げた。続いて、中井一等兵が身軽に自分で這《は》い上がった。

「いいか河田一等兵、わしから絶対に離れたらあかんど。必ずついて来るんじゃど」

文蔵は、何があろうとも河田一等兵たちを生還させることを決意していた。

「はっ、分隊長殿わかりました」

河田一等兵も、文蔵の心を理解するかのように力強く答えた。

その間も、彼らの周囲には砲弾がいくつも炸裂し、その爆風のために身を伏せねばならなかった。焔硝《えんしょう》と土の臭いが周辺に充満していた。ライマトル・ヒルの丘には、砲弾による大きな穴が無数に広がり、その周辺部に砲撃によって打ち砕かれた大隊員の死骸と肉片が散乱していた。激しい砲撃が延々と続く。さらに、敵歩兵部隊突撃の危機が迫っていた。文蔵は、急いでこの場を離脱しなければ、確実に全員が死んでしまうと判断した。

『地獄じゃ』

文蔵は、砲撃によって木々が吹き飛び地肌が露出したライマトル・ヒル陣地を横目で見ながら、北東を目指して左にそして右へと身体を展開させせながら必死で走った。河田一等兵と中井一等兵が、その疲弊した身体で必死に文蔵の後を追った。砲撃の直撃を恐れていては、この地獄の戦場を離脱することはできなかった。

彼らは、敵砲兵陣地の方向を目指して全力で走った。斜面の地面は昨夜の雨でぬかるみ、彼らは何度も転倒しながら敵陣地に向けて走った。だが、その行く手を鉄条網《てつじょうもう》が阻《はば》んだ。北側は、砲撃によって破壊されていないため、そのまま鉄条網が張り巡《めぐ》らされていたからである。それは、彼らにとっては大きな障害物であったが、逆に敵歩兵部隊がこの有刺鉄線側から侵入攻撃してくることは考えられなかった。最初と次の有刺鉄線は砲撃によって切断されていたが、三ヵ所目の有刺鉄線《ゆうしてっせん》は文蔵たちの行く手を阻《はば》んだ。

彼は、手にした軍刀を上段から満身の力を込めて振り下ろして切断した。その軍刀は、この間の何度かの白兵戦《はくへいせん》によって歯こぼれが激しく切れ味が落ちていた。鉄条網を断ち切るやいなや、すばやく文蔵以下三人がそこを潜《くぐ》り抜けた時であった。凄まじい轟音を響かせて、彼らの至近距離《しきんきょり》地点に砲弾が着弾した。同時に、彼ら三人は強烈な爆風によって谷側へ数メートル吹き飛ばされていった。

文蔵は、激しくその身体を地面に打ちつけられた後、そのまま谷へ転落していった。ぬかるんだ斜面は、彼の身体を容易に止めることができなかった。突如、ドンッと身体に激しい痛みを感じた時、文蔵の身体は大木の根元で停止していた。身体を打ち付けられると同時に、キーンという激しい耳鳴りがした。顔面に痛みがはしり血が滲《にじ》んでいた。

「河田、中井、大丈夫《だいじょうぶ》かあーっ」

そうした中にあっても、文蔵は、二人の部下の安否を気にかけていた。

「河田一等兵、大丈夫であります」

右手の方から、河田一等兵の声がかえって来た。

「中井はどこじゃあ、大丈夫かあーっ」

文蔵は、次に返事の無い中井一等兵に向けて叫んだ。引き続き砲弾が周囲に炸裂《さくれつ》する。

「分隊長殿、中井一等兵無事であります」

しばらくの間を置いて、中井一等兵のかすれるような声がもどってきた。

文蔵は、自分の身体が砲撃によって吹き飛ばされ、朽《く》ち果てた木の根元に横たわっていることにようやく気づいた。砲爆撃によって、飛び散った石が文蔵の鉄帽《てつぼう》を拳大《こぶしだい》にへこませていた。激しい風圧によって、飛び散った石の「弾丸」が当ったものとみえる。鉄帽が、彼の命をかろうじて救った。

「分隊長殿」

すぐに河田一等兵と中井一等兵が駆け寄ってきた。彼らの顔と軍服は茶色の土にまみれて、まるで泥人形のようであった。

「分隊長殿、傷の手当をします」

衛生兵らしく、河田一等兵が顔面血だらけの文蔵の顔を見て心配そうに言った。

「大丈夫じゃ。これぐらい何ともない」

文蔵は、そう言いながら両手を地面につけながらなんとか立ち上がった。手足、首を動かしたが、特に打撲以外に大きな負傷はしていなかった。ただ、吹き飛ばされて地面に打ち付けられた時の打撲と砲爆撃による石をまともに受けたために、顔面の出血と頭部と腰に鈍い痛みがあった。

「それより、松本伍長と古河上等兵はどうした」

「……」

河田一等兵と中井一等兵は一瞬目を合わせた後、上方の有刺鉄線の向こう側を振り向いた。彼らも二人の安否が気になったようである。文蔵たち三人は、すぐに斜面を何度も滑りながら、後方から追及していたはずの彼らのいる地点へ必死で這《は》い上がっていった。文蔵が切断した有刺鉄線付近は、砲撃によって無残にも破壊され着弾地点には大きな穴が多数あいていた。周辺には、火薬の臭いがたちこめていた。

「松本ーっ、古河ーっ」

文蔵は、不吉な予感にさらされながら二人の名前を必死で叫んだ。彼が有刺鉄線から五十メートル上の場所へ駆け上った時、砲撃の着弾によってできた大きな窪《くぼち》地の中に仰《あおむ》向けに倒れている二人の兵士を見つけた。彼は、脱兎《だっと》のごとくそこへ駆け寄った。その窪地には、手足をもぎ取られて負傷した松本伍長と古河上等兵の無残な姿があった。

「松本、古河しっかりせい」

文蔵は、窪地へと一気に飛び込んだ。手前に仰向けに倒れていた古河上等兵は、眼と口を大きく開いてすでに息絶えていた。彼の負傷による鮮血が泥と混ざり合って黒くなっていた。文蔵は、古河上等兵を抱きかかえて、そっと手で眼を閉じてやった。次いで、向こう側に倒れていた松本伍長を両手で抱きかかえながら叫んだ。

「松本、松本っ。わかるか、わしじゃ、佐藤じゃ」

文蔵は、松本伍長の身体を揺さぶりながらその頬を激しく叩《たた》いた。

「分隊長殿」

「おう、わしじゃ、しっかりせい」

血と泥で見分けがつかないぐらいになった松本伍長の顔は、文蔵の声と揺さぶりによってうっすらと眼をあけた。文蔵は、松本伍長を抱きかかえながら、彼が爆裂《ばくれつ》によって左側の手の肘《ひじ》と足の膝《ひざ》の関節より先の部分を断裂し、骨と肉片が露出していることに気づいた。

「河田、河田ーっ、はようこい。松本の手当てじゃ。急げ」

彼は、後から這《は》い上がってきた河田一等兵に向かって大声で命じた。

「分隊長殿、もうだめです」

松本伍長が弱々しい声で呟いた。

「あほう、なにをいうか」

「分隊長殿、わかるんです。もう……」

「しゃべるな松本。河田、何しとる。はようせい」

文蔵の怒声に、松本伍長の側にようやく着いた河田一等兵であったが、松本伍長の手足を吹き飛ばされた姿を見て呆然と立ちつくしていた。

「ぼやっとするな河田、はよう血を止めるんじゃ。急げ」

文蔵の鋭い声がまたしても飛んだ。

「はっ」

河田一等兵は、文蔵に命じられてすぐに止血の応急手当を実施していった。止血時、「うーっ」と松本伍長はその痛みで唸《うな》り声をだした。文蔵はその声を聞きながら、松本伍長を何とか助けてやりたい思いで一杯であった。

「分隊長殿」

文蔵の呼びかけでうっすらと眼をあけた松本伍長であったが、その声は消え入るほどにかぼそかった。

「分隊長殿、長い間ありがとうございました。私は、……もう……助かりません」

「あほう、何をゆうとるんじゃ。日本で奥さんや可愛い娘さんがまっとるじゃろうが。しっかりするんじゃ。わしといっしょに日本へ帰るんじゃ」

「ありがとうございます。けど（だけども）……けど」

荒い呼吸の中で、松本伍長がその右手を文蔵の手にゆっくりと添《そ》えてきた。

「わかった、松本。もう何もゆうな。しゃべったらあかん、黙っとれ」

「分隊長……殿……」

松本伍長は、分隊長の文蔵に最期《さいご》の言葉を伝えようとしたが、彼の腕の中でその頭をうなだれてガクリと息をひきとった。

「松本、松本ーっ」

文蔵は『死ぬなよ、死ぬなよ』と心の中で叫びながら、彼の身体を一層激しく揺すった。しかし、彼は二度と眼をあけることもなく、文蔵に抱きかかえられたまま息たえた。その瞬間、文蔵は彼の身体を力一杯抱きしめていた。松本伍長は、中国戦線にて初めて文蔵の分隊員となって以来、そしてその後に伍長に昇進してからは常に副官そして参謀役《さんぼうやく》として文蔵を支えてきた。それだけに、言いようのない悔しさがあった。

『何でじゃ。何でこんなことになるんじゃ』

文蔵は、悔しくてたまらなかった。何ゆえに、このような若者が命を落とさなければならないのだという、押さえようのない怒りに震えた。

『これが、お国に奉公することなんかい。これが、天皇陛下のために戦うことなんかい』

訳のわからない悔しさと怒りが、胸の内から炎のごとく湧《わ》き上がった。その間にも、彼の気持ちをあざ笑うように、その頭上を敵の砲弾が「ひゅー、ひゅー」と鋭い音と共に飛び越えていった。だが、彼はその場から避難しようともせず、血と泥だらけの松本伍長をわが子のようにして抱きかかえていた。

文蔵が松本伍長を抱きかかえていたその時、またしても至近《しきん》距離で砲弾が炸裂した。彼は、その爆裂によって顔面に大量の土をかぶったことで現実に引き戻されていた。いつまでもこの危険な砲弾域の中に留《とど》まるわけにはいかなかった。やがて歩兵部隊の攻撃が開始される。我にかえった文蔵は、分隊長の責務として残された河田一等兵と中井一等兵を安全な地帯に退避させることを第一に実行しなければならなかった。

彼は、松本伍長と古河上等兵の襟章《えりしょう》（階級章）を剥《は》ぎ取って胸のポケットにしまい込んだ。そして、二人に対して合掌した。それは、この戦場の真っ只中で彼らにしてやることができる精一杯のことであった。

「いくぞ」

生き残った河田一等兵と中井一等兵に力強く命じて、文蔵は敵砲兵部隊が位置する北東方面へと砲弾が飛び交う中を必死で走った。

『さらばじゃ、許せ。松本、古河』

文蔵は、砲撃弾の窪地を避けて懸命に走りながらも、二人をこのビルマの地に放置して立ち去って行くことを詫《わ》びていた。走り去る彼らの頭上を、敵の砲弾がいつ止むともなく執拗《しつよう》に飛び越えていった。

十　戦場の団欒《だんらん》

約二〇〇名余となっていた第一大隊は、ライマトル・ヒルの戦闘によって、戦死者一〇三名、負傷者一〇八名を数えていた。実に二〇〇名以上の戦死傷者を出し、生存し且つ戦える将兵はといえば第四中隊長以下わずかに三〇余名となっていた。その時点で、すでに大隊は全滅状態といえた。文蔵たち第一分隊も三名となっていたが、生存する大隊主力とは退避した方向の違いから未だ合流することができていなかった。

大隊代理の佐藤政義第四中隊長は、ライマトル・ヒルの戦闘後に山本支隊本部へ行き大隊の戦闘状況と被害報告を山本司令官に行った。しかし、それに対して司令官からの激戦を戦いぬいた労に対する言葉はなかった。それどころか、残存兵力三〇余名の弱小「大隊」に対して、「大隊の戦闘状況は、テグノパールでみておった。大隊の残存兵力をもって、本日、再度ライマトル・ヒルへの夜襲を敢行すべし」と命じたのである。佐藤中隊長は、その冷徹で無計画な命令に愕然《がくぜん》とした。幸いにして、その攻撃は中止となるものの、山本支隊の次の作戦であるパレル基地総攻撃によって大隊は「全滅」していく。

その頃、第十五軍では戦況の悪化に伴う非常事態が発生していた。まず、彼ら第六〇聯隊の上層部である第十五師団長の山内正文《やまうちまさぶみ》中将が、「病気」を理由として師団長を解任されていた。それは「病気」というよりも、師団の進撃が遅くインパール攻撃が困難であることを叱責し、その責任をとらせるために第十五軍牟田口《むたぐち》司令官が独断で師団長解任を決定したのである。山内師団長だけではなかった。南方攻撃部隊の第三十三師団長の柳田元三《やなぎだげんぞう》中将は、緒戦でのトンザン・シンゲルの激戦で英印軍を北へ敗走させながら殲滅《せんめつ》する機会を逸《いっ》したとして、同様にその責任を執《と》る形で五月に解任されていた。

さらに、北方攻撃部隊の第三十一師団長の佐藤幸徳《さとうこうとく》中将は、食料補給を第十五軍司令部に依頼するものの牟田口《むたぐち》司令官によって補給援助を断られたことをもって、六月一日に「独断撤退《どくだんてったい》」を敢行した。その結果、彼はその責任を問われて七月に解任される。

しかし、それは師団長解任という問題にとどまらなかった。この北方攻撃部隊である第三十一師団の撤退によって、その空隙《くうげき》をぬって北方から英印軍の早い反撃を許す結果となる。そのために、北側に防禦《ぼうぎょ》を失った中央攻撃部隊である第十五師団（祭師団）の将兵は、英印軍の反撃をまともに受けて重大な危機に陥っていく。すなわち、コヒマとインパールを結ぶ道路が英印軍によって突破される事態となり、第十五師団は戦線にとり残され、敵の戦車と軍用車など千両以上の進出を許すことになる。その結果、第十五師団は精強な英印軍の前に敗退し撤退していかざるを得なかったのである。

さらに、第三十一師団の第十五師団側への南下によって、第十五師団に割り当てられていた兵站部《へいたんぶ》が配置していた食料陣地が第三十一師団によって奪取され、第十五師団将兵をさらに危機的な飢餓《きが》状態に押しやっていく原因ともなったのである。

こうして第十五軍は、三つの師団の師団長更迭《こうてつ》という前代未聞の失態の下に、インパール作戦そのものは頓挫《とんざ》していった。

このようなインパール戦の悪化する事態によって、牟田口廉也第十五軍司令官も遂に作戦中止を決断せざるを得なくなった。六月下旬、河辺正三《かわべまさかず》ビルマ方面軍司令官は南方軍に作戦中止を要請し、南方軍から大本営に「インパール戦局の重大転機」が連絡された。この連絡によって、大本営は昭和十九年七月一日、インパール作戦中止を天皇に上奏《じょうそう》し同作戦の中止が天皇「裕仁」により最終的に認可された。同三日、大本営は正式に作戦中止を決定し、その決定は南方軍からビルマ方面軍へと連絡された。

第十五軍司令部が方面軍からその旨を受領したのは七月十日であった。同日、牟田口司令官は、傘下の三師団に向けて「攻撃任務」を解くと同時に「戦線整理」の命令を出した。しかし、その命令は将兵たちにとってあまりにも遅い作戦中止決定であった。

続いて七月十八日、国内に於いては東条内閣が総辞職する。しかしながら、彼ら政治家と上層部軍人は辞職すればそれで済むことである。だが、この大本営による作戦中止命令は、インパール戦の現地において指揮命令系統の大きな混乱を生じさせた。それが、さらなる敗北につながり、多数の戦死傷者の続出を生じさせていった。加えて、懸念していた極度の食料不足や疫病などによって、幾万の将兵をさらに苦難な状況下におとしめて行く結果となった。

「作戦中止」は戦争そのものの終結決定ではなく、インパール戦という一つの作戦の中止命令である以上、現地では依然として激しい戦闘が引き続き行われることに変りはなかった。むしろ、戦場の前線に「遺棄」された部隊そして多数の将兵たちにとっては、「攻撃任務」の解除という作戦の中止によって一層苦難の敗走行を強《し》いられていくことを意味することとなった。すなわち、敗走する日本軍兵士たちは、アラカン山系の密林の中を英印軍の追撃と戦いながら、そして飢餓との戦いを強いられながら敗走して行かねばならなかったのである。

「戦線整理」という名ばかりの指揮系統の中で、各戦場に遺棄《いき》された将兵たちは、アラカン山系の密林地帯から自力で脱出することを一人ひとりに新たに課せられていった。特に作戦中止の七月は、すでに乾季が終了しこの地方独特の五月から十月にかけての雨季に入っていた。インドのアッサム地方からビルマにかけての雨季は激しいスコールに見舞われる世界的な雨量となる。こうして、飢餓と負傷の中で、各将兵たちが自力で退却していくことは大きな困難をともなうものであった。その結果、インパール作戦という、このビルマ・インド国境付近の一戦線における遅すぎた「作戦の中止」命令は、後世に「白骨街道《はっこつかいどう》」と呼称される道への序章となっていく。

ライマトル・ヒルの戦闘から数時間後、何とか危機を脱出した文蔵たちは、夜陰《やいん》の中をパレル街道の敵砲兵陣地をめざして懸命に降りて行った。しかし、ここまでの暗い密林の中での敗走は、密生した樹林によってもその行く手を阻《はば》まれていた。山育ちを自称する中井一等兵も、先頭に立って銃剣を手に枝や弦《つる》を切り払っていたのだが思うように進路が開けない。激しい雨がさらに行く手を阻んでいた。だが、彼らは危険を回避するためにさらに進んだ。しかし、疲労しきった身体が思うように動かなかった。

「中井一等兵、もういい。ここで露営《ろえい》じゃ」

分隊長である文蔵のその声に安堵して、中井一等兵はどさりと地に腰をおろした。

「八時か。よし、少し腹を満たしてから仮眠をとろう。雨もどうやらおさまったようじゃ。ここまで来たら敵歩兵部隊もやってこんじゃろう」

文蔵たち三人は、ライマトル・ヒルの敵陣地で捕獲した缶詰を背嚢《はいのう》から取り出して、月明りの下で遅い夕食をとることにした。

密林は静寂な闇夜であったが、雨上がりとはいえ淡い月の光が枝葉《えだは》を通して彼らの「食卓」を照らしていた。だが、濡れた被服のために寒さが身にしみてきた。文蔵は暖をとるために、危険を承知で枯れ木を集めて小さな焚《た》き火《び》を命じた。暗闇の中に、三人の血と泥にまみれた顔が暗闇の中に浮かびあがった。文蔵は、赤い炎を見つめる部下の安堵した顔に、生きていることの喜びを痛いほど感じていた。赤い炎は、生への希望をもたらしてくれた。

「分隊長殿、敵さんはこんな贅沢《ぜいたく》でうまいもんを食べとるんですねえ」

中井一等兵が、缶詰の牛肉を口にしながら笑顔をとりもどしていた。

「そうじゃのう。こんなもん食っとったら元気が出るはずじゃ。敵さんの強さはそのへんにあるんかもしれんのう」

「わしらの田舎じゃ、こんな贅沢なもんは食えませんよ。家族のみんなにも食わせてやりとうなりました」

中井一等兵は、牛肉のおいしさを堪能《たんのう》したとばかりに真剣な表情で言った。

「ところで中井一等兵、おまえの家の牛は、元気じゃろうかのう」

河田一等兵が、衰弱した身体を木にもたれ掛けながら、いつも牛自慢をする中井一等兵にふと尋ねていた。

「そうじゃとよいんですが、まあ、きっと元気で家族のためにがんばっとると思います」

中井一等兵は、愛する牛を思い出すかのようにしてこくりと頷いた。彼は、故郷に残してきた牛と共に、祖母、両親そして妹のことを懐かしく想いだしていた。

「分隊長殿、我が家の牛の名前は黒べえちゅうんです。力自慢で、眼がまんまるのものすごう可愛いいやつなんです」

「そうか。黒べえというんかい。そりゃ、ええ名前じゃ。日本へ帰ったらぜひ見に行かせてもらうど」

「はい、ぜひ見にきてやってください。黒べえもきっと喜びます」

中井一等兵が眼を輝かせながら嬉しそうに笑った。

「けんど（だけども）、家族のもんは今頃なにしとるんじゃろなあ。もう五月じゃで稲の苗作りを始めとるかなあ。いや、ちょっと早いかなあ」

文蔵は、農民兵士として、中井一等兵が家族との農作業を心配していることがよく理解できた。それだけに、二人を何としても生還させてやりたいとの思いが強くなっていた。

「ところで中井一等兵、おまえは橋谷《はしだに》分校から本校の俊明《しゅんめい》小学校へ来たんじゃったのう」

故郷の話になったので、文蔵はふと母校の小学校のことを思い出して尋ねていた。

「はい、そうです。三年生まで分校で、本校へは四年生の時に来ました。ほんで、私は分隊長殿のことをよう覚えとるんです」

「えっ、何でじゃ」

文蔵は、年齢が離れている中井一等兵の言葉に一瞬不意を喰《く》らった。年齢の違いから、彼が知っているはずはないと思っていたのである。

「分校から本校へ初めて来た四年生の時じゃったと思います。分隊長殿は高等科の最上級生でした。その年の秋の運動会で、分隊長殿はリレー競争のアンカーをつとめられて、そのものすごう速かったことや、……ほれから（それから）校内相撲大会で優勝されたことなどを今でも覚えとりますよ」

「そうか、そうじゃったのう、そんなこともあったのう。中井、よう覚えとってくれたのう、わしはすっかり忘れとったわい、……うん、うん、そうじゃったのう、懐かしいのう。そんなら、わしら三人となってしもた分隊は、全員が俊明小学校の出身なんじゃのう」

文蔵は、中井一等兵の言葉を聴きながら、辛く思い出したくない思い出が多かった小学校時代であったが、後輩がそのような形で記憶にとどめていてくれたことが嬉しかった。

「私は、中井一等兵のこと、よう覚えとりますよ。こんまい（小さい）やつやったけど、すばしこかったんをよう覚えとるんです。持久走競技《じきゅうそう》（マラソン）では学年で一番じゃったやろ」

河田一等兵が、中井一等兵の方を向いて話に割って入った。

「あれ、先輩よう覚えとってくれました。わし、河田先輩とちごおて（違って）勉強はあかなんだけど、足には自身があったんです」

「そら、そうじゃろう。あんな山奥から本校まで毎日歩いてきたんじゃから、あたりまえじゃど。……そうじゃ、あれからもう何年たつんかのう」

河田一等兵は、小学生にもどったかのように先輩ぶって中井一等兵をからかいながら、その後の自分の歩みを思い出していた。文蔵は、泥だらけの顔をして笑いながら会話をする二人を見て『そうじゃった、そうじゃったなあ』と、頬をくずして頷いていた。

彼ら三人の母校での思い出話は、激しい戦場の真っ只中《まただ》にありながら、方言丸出しの会話の中にいっときの安らぎを与えていた。各担任の先生たちのこと、遠足のこと、そして運動会では学校の敷地が道路より低かったために、雨の後の運動場整備に木の杭《くい》を打ち込み雑巾《ぞうきん》で穴の水を吸い上げたことなど、当時の童心にかえって話を続けた。

休憩してから一時間ほどが経過した頃、彼らの団欒を包みこむかのようにひんやりとした風が樹林帯に吹きこんで来た。文蔵は汗と泥で濡れた膚《はだ》がひんやりとするのに気づいて、現実の戦場にいる自分を取り戻していた。小さな焚《た》き火をしていたとはいえ、雨上がりで体の熱を奪われたようである。

「さてと、だいぶん夜も更《ふ》けてきたど。小学校の話はもっと続けたいが今日は疲れたじゃろう。まあ、小学校時代の話はこれぐらいにしてそろそろ仮眠《かみん》をとるとしょうや。明日からも激しい戦闘が待っとるで、はやいとこ携帯天幕を取り出して休んどけ。見張り番は、まず、わしが最初にするさかいに、二人はゆっくり休め」

二人にそう言い渡した後、文蔵はゆっくりと立ち上がり、周辺を警戒しながら密林の中を巡回していった。砲撃によって吹き飛ばされた身体に打撲の痛みが残っていた。

『まあ、命があっただけでよしじゃ』

文蔵は、自らの命あることに感謝していた。

彼を包み込む密林には、雨が止んでいたこともあり、木々の梢《こずえ》に吹く風が耳に入るだけで敵の襲撃は無いと思われる静けさがあった。

『松本も古河もおらんのはつらいことじゃが、河田と中井はどんなことがあっても生還させちゃらなあかん』

文蔵には先ほどの団欒によって、偶然にも小学校の後輩でもあるわずかに残った二人の若い部下たちを、何としても生還させるぞという気持ちがより強いものとなっていた。

ゆっくりと靴音を消しながら密林の中を一周する警邏《けいら》を終えて帰ってみると、二人は手際よくそれぞれの天幕を身体にくるませて眠っていた。赤ん坊のようにぐっすりと眠る彼らの横顔を見た時、文蔵は、戦闘経験の浅い二人にとって、今日の激戦では相当な疲労が蓄積していたのだろうと思った。

彼はそれから一時間ばかり、焚き火の火を消すまいとして大きな木に身体を預けながら警戒を続けていた。火の炎は、彼に生きる希望を与えてくれた。だが、今日の激しかった戦闘をかいくぐってきた疲労のためか急に睡魔が襲ってきた。文蔵は、次の警戒を河田一等兵に引き継ごうと考えていたが、彼のその熟睡した寝顔を見た時その思いを打ち消した。厳しい戦場の中ではあったが、『なるようになるじゃろう』と腹をくくり、自らも携帯用天幕に身を包んで深い眠りの中へとおちていった。

十一　大隊の全滅と敗走行

　ライマトル・ヒル攻防戦の後、山本司令官はインパール平原への出口に位置するパレル基地総攻撃を命じた。その編成は、山本支隊の歩兵部隊第二百十三聯隊長を指揮官として、その一個中隊と第十五師団傘下《さんか》の歩兵第六〇聯隊第一大隊の生存者約三〇名、同じく第十五師団傘下の歩兵第五一聯隊第二大隊約一三〇名の支援部隊。それ以外に、独立連射砲第一大隊約一〇〇名と、第十五師団同様に京都にて編制された第五十三師団（安兵団）の工兵第五三聯隊第一中隊約一八〇名を擁《よう》する総兵力五〇〇名弱の混成部隊《こんせいぶたい》であった。

パレル陣地を砲撃する日本軍

　混成部隊は、六月二十一日にパレル飛行場を眼下《がんか》にする東側山中の稜線《りょうせん》に進出したが、翌日の二十二日に敵の偵察機に発見され敵陣地からの激しい砲撃を受ける結果となった。英印軍による野戦重砲の大型弾の炸裂は、上空の偵察機との交信によって正確に日本軍将兵の隊列に炸裂していった。そして、この猛砲撃は止むことなく連日続いていった。

　六月三十日、わずかな残存兵士による混成部隊によって一部の挺身《ていしん》切り込み隊が実施されるが、敵の猛砲撃弾によって大きな犠牲を出すにいたる。その結果、各部隊は大半の将兵の戦傷死によって全滅に近い状態となってしまった。そして、チンドウィン河を渡河した時点で約千名を擁した第六〇聯隊の主力部隊であった第一大隊は、ここパレル総攻撃によって実質的に「全滅」したのである。

兵士をまるで将棋の駒《こま》のように、すなわち一個の「物」として消耗品のように取り扱う、日本軍の戦術的欠陥がここに明らかに示されていた。

そのような大隊の置かれていた状況を知るよしもなかった文蔵たちは、六月二十七日の夕刻、ようやくテグノパールに布陣《ふじん》する山本支隊司令部に到着した。それは、すでに大隊の生存部隊がアイモールクーレへ進撃した四日後のことであった。支隊本部は、佐藤分隊に至急大隊を追及《ついきゅう》してアイモールクーレに向かい、第一大隊を支援してパレル総攻撃に参戦せよとの命令を出した。僅《わず》か三名の分隊に対する無情な命令であった。

文蔵は即時に大隊の危機的状況を察し、夕闇の中を直ちに大隊を追及《ついきゅう》して出発して行った。しかし、夜の密林地帯を踏破することにはかなりの時間を要した。そのため、彼らがアイモールクーレ近くの高台に到着したのは四日後の七月一日早朝であり、それは、パレル総攻撃が失敗して日本軍が撤退した翌日のことであった。

文蔵は双眼鏡を取り出して、アイモールクーレの高地からインパール平原の南に位置する英印軍のパレル基地を遠望した。基地は広大な飛行場を隣接する要塞《ようさい》であることがわかった。その東側一帯の樹林は、樹木が英印軍の砲撃によって無残にも破壊されていた。

『遅かったか』

文蔵は、その光景を見て無念の気持ちが胸に強くわき上がってきた。たとえ文蔵たち三人の分隊が大隊に合流したところで、戦況がどうにかなるものではなかった。しかし、それでも大隊の一分隊として彼らと共に戦いたかったとの思いが強かった。だがそれは、彼ら三人の死をも意味していた。文蔵は、軍人としての責務と、河田一等兵と中井一等兵を無事に日本に生還させるという彼自身の思いとの葛藤《かっとう》に悩んでいた。

『とにかく今は、生き抜くことも大事じゃ』

文蔵は、パレル方面を茫然《ぼうぜん》と眺める二人の疲れきった姿を見た時、自らと彼らの生命を優先しなければならないと考えはじめていた。

文蔵は、双眼鏡で見るパレルの様子だけでは大隊のその後はわからなかった。それゆえに、太陽の沈む直前、自分の眼で直接その戦闘状況を確認するために出発することを命じた。

命令を出した後、彼は、アラカン山系の出口に位置しインパール平原の南西に陣取られたパレル陣地の遥《はる》か向こうを食い入るように見つめていた。雨季にもかかわらず陣地の上空に青空が広がり、山の向こう側には湧き上がる白い雲が浮かんでいた。その下に、大きなログタク湖の水面が輝いているのがかすかに見える。その風景は、まるで一枚の絵のような美しさを見せていた。文蔵にとって、激しい戦場の中で久しぶりに気づいたビルマ・インドの自然風景であった。二人の部下も、文蔵の横に立って遠くを茫然《ぼうぜん》と眺めていた。

「分隊長殿、あれがインパール平原ですか」

「そうじゃ、あれがインパールへと続く平原じゃ」

「広いですねえ。あの北に、我々が最終の攻撃目標であるインパールがあるんですね」

「うん、そうじゃ。その占領が十五軍の目的じゃったが、……今頃、どうなっとるじゃろかな」

文蔵は、中井一等兵の問いかけに、眼下のパレル周辺の惨状の向こうに、悠々《ゆうゆう》と広がるインドの山並みと青い空を遠望しながら、一瞬、戦況の厳しさを考えていた。

日本兵の死体（アラカン山中）

やがて太陽が山並みに沈みこむ直前、文蔵たちはアイモールクーレの高台を降りて、パレル基地の数百メートル先の砲弾が着弾した窪地から周辺の様子をうかがっていた。彼らの周囲は、英印軍による猛砲撃によって破壊された木々が無数になぎ倒され、その地肌はむき出しになっていた。今なお焼けた臭いが残る大地は、当日の激戦を物語っていた。その中に、多数の日本兵と思われる死体が散乱していた。ほとんどの兵士は、砲爆撃によってその手足を吹き飛ばされていた。中には、首の無い胴体だけの兵士や、腸などの内臓が飛び出した無残な姿もあった。
『ひどいもんじゃ……』
文蔵は、山中からこの窪地に駆け込みながら見てきた現実、そして今、眼の前に展開するその荒涼《こうりょう》とした光景に言葉を失っていた。中国戦線以来、数多くの戦場・戦闘を体験してきた文蔵であったが、先日のライマトル・ヒルにおけると同様に、砲爆撃による激しい戦闘のあとの無残な光景ほど残酷《ざんこく》なものはないと思った。大地を丸裸にするのみならず、兵士を高々と吹き飛ばし、その肉片が飛び散る大地に残されたのは、無残な人間の姿であった。そこに横たわる兵士は、明日のわが身でもあることが痛切に感じられた。

再び、ライマトル・ヒルで戦死した松本伍長と古河上等兵の最期《さいご》の姿が眼に浮かんでいた。しかし今、戦場の中にいる現実が、文蔵を分隊長として今後やり抜かねばならない自分を取り戻していた。

文蔵は、同地にて被害状況を探索する中、顔なじみの第一大隊員の手足を吹き飛ばされた無残な姿を確認したことで、第一大隊の「全滅」を認めざるをえなかった。したがって、彼はこれ以上パレルの地に留まる理由がないと判断して、暗くなったパレルの激戦地をあとにして一路インパール平原をめざして北東に進路をとった。それは、何度も苦汁の戦いを強いられてきた山本支隊に合流することを拒否し、彼らの本隊である第六〇聯隊の第二・第三大隊に合流することで、インパール攻略に参戦することを意味していた。

第一大隊の「全滅」を自分の眼で確認した彼にとって、本隊である第六〇聯隊への復帰以外に行くべき所はなかった。

文蔵たちは、夜を徹してインパール平原をめざして北へと進路をとって行軍していった。しかしその途中で、夜間にもかかわらずパレル街道に陣取る英印軍陣地の不穏な動きを感じ取っていた。明るい照明の光の中で、英印軍兵士がせわしく動き回る姿に警戒心を強めた。

仮眠を林間でとっていた翌日の早朝、彼らは、イギリス軍のM4戦車の大部隊を先頭にして、重砲兵部隊の機動部隊がパレル街道を南下して行く凄まじい音と地響きに眼を覚ました。文蔵はその進撃部隊の行動から、何か大きな戦況の変化があったことを強く感じ取っていた。

『おかしい。何じゃこの動きは』

天幕を跳《は》ねのけた文蔵の胸には、大きな不安が湧きあがってきた。彼はその不安の中で、二人の部下にインパール平原をめざすことを中止して、再びアイモールクーレに撤退することを命じた。彼ら二人も遠目に見る敵機動部隊の動きがただならないことに気付いていた。

三人は荷物を即座に整理して、再び昨日の高地へと登っていった。高地から見渡す風景に、昨日の感傷的な思いは全くなかった。双眼鏡を手にした文蔵の視界にも、英印軍の大部隊が南下して行く車輌隊列を数条《すうじょう》確認することができた。

『英印軍が反撃に転じたのか、……それは、日本軍の攻撃が失敗に終わったことを意味するのか』

文蔵は、英印軍の動きの中にそのような懸念を抱いた。この数ヵ月間の戦いを振り返ってみた時、圧倒的な敵の機動力と物量の前に、日本軍が劣勢であったことは否定できなかった。さらに、彼はすでに七月三日に作戦の中止命令が出されていることなど知るよしもなく、今はとにかく第六〇聯隊の本隊へ復帰することしか考えていなかった。

『さて、どうするか』

文蔵は、双眼鏡をおろしながら次の行動を考えていた。もしも日本軍が退却に移っているのであれば、一刻も早く自分たちも撤退を開始して敵の攻撃から安全な地域へ避難する必要がある。今、英印軍の南への大規模な進撃を確認した以上は、その前に出撃前のチンドウィン河に向かい、そこを渡河しなければ敵の追撃を受ける恐れがあった。

文蔵はその決断に躊躇《ちゅうちょ》しながらも、とりあえずアイモールクーレの村から撤退し、分隊として、パレル攻撃の報告を山本支隊にするべくテグノパールへと急いだ。決断は、山本支隊の今後の行動で判断することにした。それから、ようやくにしてテグノパールの陣地へもどると、すでにそこには支隊はいなかった。英印軍の反撃を恐れた山本支隊は、急ぎ後方のタムへと撤退していたのであった。

『何ちゅうことじゃ。……逃げ足の速い山本幕め。あいつは、わしら兵士のことなんぞちっとも考えとらんやつじゃ。わしらは単なる将棋の駒ではないんじゃ。……くそったれめ』

文蔵は、自分たちがアラカン山中に遺棄《いき》されたことに激しい怒りがあった。同時に、自分たち分隊の危機を瞬時に汲み取っていた。早急に、このアラカン山中を踏破してチンドウィン河東岸《とうがん》に到達していかなければ、自分たちの生命の保証がないことを理解した。

「河田一等兵、中井一等兵、よお聴くんじゃ。わしらの周りにはいかなる部隊もおらん。とっくに退却しとる。じゃから、わしらは自力でチンドウィン河のシッタン村へ行軍して行かにゃならん。そのために、必要なんは食料じゃ」

「はっ」

「じゃから、この駐屯地跡《ちゅうとんちあと》から、何でもよい。食料となるもんを探し出して背嚢《はいのう》に詰め込むんじゃ」

「はっ、わかりました」

三人は、すぐに、僅かに投棄されていた物資の中から食料となるものを物色して背嚢に詰め込んでいった。それは、彼らがこの死地から脱出し、生きて還るための何よりも大切な行動であった。それを終えた後で、文蔵は不安そうな顔をしている二人に言った。

「河田一等兵、中井一等兵、心配するな。わしはおまえたちを必ず生きて日本へ連れて還る。これは、わしの命に代えてもやり遂げてみせる。安心せい」

「……」

「そうじゃで、わしは以後、兵士の命を軽んずる上官の命令には一切服さんことを決めた。わしの分隊長としての判断ですべて行動していく。無論、これからは相当辛い行軍になるじゃろうが、辛抱してついて来てくれい」

「はっ、分隊長殿」

二人は、文蔵の力強い言葉に大きく頷《うなず》いた。彼らは、この分隊長につき従えば、必ず生きて日本へ還ることができると信頼していた。それは、単なる希望ではなかった。分隊長である佐藤軍曹の過去の実戦の中での行動からの確信であった。

「よしっ、ほったら（それでは）いくど」

文蔵たちは、深い密林の中を、シッタン村めざして足早に出発していった。

文蔵たちは、テグノパールの駐屯地を出てから、アラカン山系の幾つかの尾根を踏破して密林の山中を歩き続けた。しかし、敗走する足取りは重かった。敵は英印軍だけではなかった。敗走する間、雨季に入ったためにスコールの激しい雨に何度も行く手を阻まれた。その都度、雨に濡れた身体は寒さで体熱を奪われ疲労が増していった。

うっそうとしたアラカン山系の密林

文蔵は河田一等兵の衰弱が激しいのを見て取り、ある場所では途中で崖を円匙《えんび》（小型スコップ）で掘り抜き、応急の洞窟《どうくつ》を作ってその中で何日か待機せざるを得なかった。しかし、いつまでも洞窟で停滞していることは、英印軍が追撃して来るという危機が迫っていた。その危機感が、雨の中であろうとも行軍を敢行《かんこう》するという辛い選択をしなければならなかった。そのような行動を繰り返しながら、文蔵はアラカン山系を越えて一日も早くカボウ谷地《こくち》へ出て行こうと急いだ。幸いにして、敵との遭遇もなかったことで銃撃戦はしなくて済んだ。

アイモールクーレ撤退から十一日目の七月十三日の夕刻、文蔵たちが山中の稜線から少し谷筋へと降りていった時であった。文蔵は、左前方一〇〇メートル先に数名の人影を発見した。彼は瞬時に二人の部下に手で「伏せろ」の合図をして、人影のいる方角に向けて双眼鏡で覗き見た。

「日本兵じゃ」

双眼鏡の視野に、数名の日本兵が銃を杖代わりにして林間をゆっくりと歩いて行く姿が眼に入った。文蔵は、小走りでその方向に向かった。相手側も文蔵の足音を聞きつけ、銃を構えて身構えた。

「撃つなーっ、わしは、第六〇聯隊第一大隊の佐藤軍曹《ぐんそう》じゃ。貴様たちは」

文蔵の声に、先頭を歩いていた兵士が応答した。

「わたしは、六〇聯隊……同じ第六〇聯隊第二大隊の藤原伍長《ふじわらごちょう》であります」

文蔵は、その応答に驚いた。なぜなら、中央攻撃隊の第二大隊員は、文蔵に、アラカン山系を越えてインパール付近にて攻撃中のはずであったからである。ついで、藤原伍長は、文蔵に第六〇聯隊にはすでに作戦中止と撤退命令が出されている事実を告げた。

「何じゃと……」

文蔵は、あとの言葉が出てこなかった。そして、全身の力が一気に抜けていくのを感じた。それは、日本軍の敗北を意味したからである。さらに、本隊である第六〇聯隊は、英印軍の猛反撃によってすでに撤退していたという事実に大きな衝撃を受けた。

「まさか……。藤原伍長、それは本当か」

「軍曹殿、それはまぎれもない事実であります」

「……」

文蔵にとって、日本軍敗北の衝撃は大きかった。しかし、そうした現実を前にしながらも彼は気持ちを落ち着けてこの戦いを冷静に判断せんとした。彼がこのインパール戦にて遭遇した戦闘状況を想起した時、日本軍のあまりにも劣勢な戦いの中で、彼自身も日本軍の勝利はないことを認めていたはずであった。それゆえに、自分たちの分隊はテグノパールから撤退してきたことをあらためて再確認した。

「軍曹殿、私たちのこの姿を見てください。……これがその結果です」

藤原伍長は、後方にたたずむ十名余の兵士たちのやせ細り疲労しきった姿を指差した。それは、間違いなく敗残兵《はいざんへい》としての姿であった。中には銃すら持たず、背嚢《はいのう》などすべての装備品をも背負っていない兵士がいた。文蔵は、彼らの姿の中に現在の日本軍が置かれている状況を初めて明確に知ることとなった。

藤原伍長の情報提供によって、文蔵はインパール作戦が中止になったことで、第六〇聯隊本隊は旧都マンダレーに向けて撤退していることを知る。だが、マンダレーまでの道のりはここから余りにも遠く厳しい道のりである。そして、自分たちが英印軍による総反撃によって危険な戦場に取り残されていることもわかった。思い返せば、パレル基地からの英印軍の南下、そしてアイモールクーレの高地から見た英印軍の南下して行く隊列は、日本軍の作戦中止を知った英印軍が一転して反撃に転じた事実をあらためて認識させるものであった。

文蔵は地図を広げて現在地を確認した後、最初の撤退進路をタム北方に位置するクンタンの北側に置くことを決定した。そこは、分隊が三〇五六高地の戦闘後に大隊と合流した地点であった。次いで、そこからカボウ谷地を東方へ渡ってミンタミ山地へと向かう計画を立てた。南のタム周辺には、英印軍部隊が集結しているのは明確であった。ただし、藤原伍長の「ウントーからマンダレーへ転進《てんしん》」という言葉を文字通り受け止めれば、第六〇聯隊の撤退進路は、攻撃進路を逆にたどっていることが考えられた。そうすると、聯隊の撤退部隊は先ずチンドウィン渡河《とか》地点をパウンビン付近として再度ジビュー山系を越えて出撃地点であるウントーへ集結するはずだと判断した。

文蔵は地図を再度確認してクンタンの北地点へ向かうことを決断した。そして、藤原伍長に共に撤退していくことを伝えた。しかし、彼は中隊命令によって集結地となっているタムに行くことを告げた。文蔵は、藤原伍長にタムがすでに英印軍に占領されており危険である旨を強く説得したが、彼はかたくなに「命令ですから」と文蔵の提言を拒否した。そこには、藤原伍長にとって軍命令を拒否できない軍律の厳しさがあったことは確かである。彼自身も疲弊しており、無事に中隊に合流できる確信はなかったと思われた。彼の表情にはそのための苦悩が滲んでいた。敗残の兵とはいえども、「上官《じょうかん》の命令は天皇陛下《てんのうへいか》の命令」が生きていた。

文蔵は、強く彼を説得したが頑《がん》として聞き入れなかった。その固い姿勢から、残念ではあったが彼らとはここで別れざるを得ないと決断した。そして、彼らの前途が吉となることを願った。

それから三日目の七月十六日昼前、文蔵たちは高地の頂上付近で小休止をしていた。それは、高地への登りが厳しく、河田一等兵がすでにその体力をひどく疲弊させていたことによる。さらに連日の雨と疲労が重なり、ついに彼は高熱を出して動けなくなった。また、河田一等兵は下痢の症状も出ていた。三十分も経たないうちに便意をもよおして木の茂みに駆け込んで用を足していた。文蔵は、彼がマラリアを発症したと考えてキニーネの投薬を命じた。しかし、彼の症状は一向に好転することはなかった。

文蔵は、河田一等兵の症状が軽くなるまで、その頂上部地点の森を臨時の「野戦病院《やせんびょういん》」としてしばらく休息することにした。

すぐさま河田一等兵を常緑樹の大木の横に寝かせた後、中井一等兵と協力して周辺から枯れ木をたくさん集めてきた。そして、木と木の間に長い枯れ木を二本張り渡して、伐採してきた弦《つる》で結びつけてからその上に携帯天幕を張って屋根を作った。臨時の「野戦病院」の完成である。次に、屋根の下に細い枯れ枝と落ち葉を敷きつめ、その上に携帯天幕を敷いて「ベッド」を完成させた。

「野戦病院」の完成後、河田一等兵を抱え込んでその「ベッド」の上にゆっくりと横たえてやった。そして、最後に一つ残った天幕を彼の身体に覆《おお》ってやった。雨天でも自分と中井一等兵は天幕なしで何とかなるだろうとの判断があった。少し離れた場所に細長く穴を掘り簡易トイレも作ってやった。ただ、文蔵は河田一等兵を抱えた時、あまりにも軽くなっている彼の身体に前途の不安を覚えていた。

その作業が終了した後であった。中井一等兵が、「ちょっとばかし時間をください」と言って走るようにして谷筋へ降りていった。それから一時間ばかりしてから、彼が何か手にしてもどってきた。彼の手には青大将に似た大きな蛇が握られていた。

「分隊長殿、結構苦労しましたよ。こいつは山の上にはおらんのです。でっ、ちょっと沢筋近くまで行って捕《つか》まえてきました。昼には、こいつを料理して食べましょう。河田先輩にはたんぱく質と栄養をとって元気になってもらわんといかんのでがんばってきました」

淡々と話す中井一等兵のその気持ちが、文蔵はとても嬉しかった。

「中井一等兵、気持ちは嬉しいが、身体が癒《い》えとらん河田一等兵には、まんだ、ちょっとばかりそれを食わすんは早いど」

「あつ、そうでしたか。……そうか、そうですね」

彼は、さらにカエルやトカゲそれにイモリなど、山中にいる生き物はすべて蛋白源《たんぱくげん》として必要だから捕《と》ってきますと平然と言った。その言葉に驚いたものの、山の中の集落で育った中井一等兵の逞《たくま》しさが頼もしかった。しかし、疲弊していた中井一等兵にとって、その行動にも限界があった。

その日の昼食は、残り少なくなった米で粥《かゆ》をつくり、弱りきった河田一等兵に食べさせてやることにした。彼の痩《や》せて軽くなった上半身を抱きかかえ、スプーンで粥を彼の口に少しずつ注いでやった。河田一等兵の眼に涙が浮かんでいた。

「泣くな。すぐに元気になる」

文蔵は、気丈《きじょう》に言いながらも日ごとに衰弱していく河田一等兵を気遣《きづか》った。それから三人は、頂上部のその場所で四日間を過ごして河田一等兵の回復を待った。

『先は長い、ゆっくり行くとしよう』

文蔵は腹をくくっていた。英印軍による追撃作戦が開始されていることは承知していたが、先ずは河田一等兵が少しでも歩行できるぐらいに回復するまで待つことにした。その間も、スコールの来襲が時間を計算したかのように断続的にやってきた。衰弱した彼らの身体に、雨はその生きる力さえ無情にも奪っていった。

文蔵自身も、その体力に不安を隠しきれなかった。あれほど強靭《きょうじん》であった彼の体力も、日に日に衰えていた。食料は貴重であるがゆえに、彼自身は一日二食に制限し、その量も三分の一に減らしていた。その分、河田一等兵と中井一等兵に食べさせていたのである。

現在の文蔵の胸中は、何としてでも二人の若き部下をふるさとの大江山山麓に連れて帰ることこそが、自分にとっての最大の使命であると決めていた。そのためには、自分の命は犠牲にしてもかまわないという絶対的な覚悟があった。それは、分隊長として、多くの部下を「戦死」させてしまったという深い悔悟《かいご》の念から出た思いでもあった。彼には、これ以上大切な部下を死なせてはならないという強い信念があった。

さらに、彼は赤紙一枚で徴集された二等兵として軍人生活を開始したのであるが、いつしか長きに渡る戦闘経験を経て、今では職業軍人に近い思想を身に着けている自分に気付いていた。彼は、「死」に対する恐怖心がなくなった状況に置かれていた。

五日目の朝、文蔵は、河田一等兵の歩行が可能になったことを確認して出発することを決めた。荷物の整理を終え、頂上部の「野戦病院」を撤収してから、木々の枝を支えにしながら三人はゆっくりと下山していった。文蔵は河田一等兵の小銃を持ってやり、中井一等兵には彼の荷物を持つように命じ、河田一等兵には枝木の杖を持たせてやった。少しでも歩行の負担を軽減してやる必要があった。そして、文蔵は河田一等兵の身体を肩で支えながら下っていった。

だが、下山には十五分毎に立ち止まり小休止をとらねばならないほど、河田一等兵の体力は充分に回復していなかった。三度目の歩行で、ついに彼は立ち上がることができなくなっていた。彼には、すでに自らを立ち上げる体力も気力もなくなっていた。文蔵は意を決して、そこの休憩地が平坦であったこともあり、露営地《ろえいち》とすることにして、いつもどおりの「野戦病院」を設営《せつえい》することにした。

文蔵は、設営準備をしながら一つの懸念をもった。河田一等兵の症状から、なぜだかわからなかったが彼の「死」を考えてしまったのである。しかし、その思いをすぐさま振り消し、『必ず、河田はおやじさんのもとへ生きて還すんじゃ』との思いを強めた。

翌朝の七月二十一日、起床するやいなや、昨晩から考えていたことの実行に取りかかった。河田一等兵は、もはや自力で歩行することは不可能だと判断した。それゆえ、もはや自分が彼を背負って行く以外に、彼の命を救い恩師である父親のもとへ生還させる手立てはないと判断したのである。

　そこで、文蔵は自分の背嚢《はいのう》から携帯天幕《てんまく》と裁縫《さいほう》道具を取り出し、天幕を工作して器用に「ねんねこ半纏《はんてん》」の代用品に仕立てあげていった。さらに、その「半纏《はんてん》」を自分の背嚢《はいのう》に組み合わせて、一つの「背負子《しょいこ》」を完成させた。

　そして、朝食を軽く済ませた後、河田一等兵の小銃と荷物を中井一等兵に全部持たせた。彼にとって、その重さは行軍の大きな負担となることは承知の上であった。

「河田一等兵、いいか分隊長命令じゃど。よう聴くんじゃ。今からわしらは下山を開始するが、おまえはわしに背負われて移動する。ええな」

　河田一等兵の眼を見て、やさしく伝えてやった。

「分隊長殿、……」

　河田一等兵は、そう言って文蔵を思いつめた眼でじっと見つめた。

「何も言うな。これは命令なんじゃ。そうじゃで黙って従え」

「分隊長殿、だめです。それでは分隊長殿が倒れてしまいます」

「あほなこと言うな。わしは不死身じゃ」

「分隊長殿、どうかお願いします」

「……」

「私を、私を、……分隊長殿、私をここに置いて先に行ってください」

「なんじゃと、河田、おまえ……」

河田一等兵の思いもよらない懇願《こんがん》に、文蔵は言葉をうしなった。

『河田、おまえはそんなことを考えとったんか』

文蔵の心は動揺していた。しかし、河田一等兵のその懇願を受け入れることは絶対にできなかった。そして、彼の懇願を無視するように言い放った。

「これは、分隊長としての命令じゃ。黙って従うんじゃ」

そう言い終えるや、中井一等兵に手伝わせて、中腰の姿勢から河田一等兵を「背負子《しょいこ》」に結びつけて立ち上がった。

「分隊長殿、だめです」

なおも懇願する彼の言葉を無視するかのように、さらにやさしく言ってきかせた。

「いいか、わしはな、おまえを河田先生、いや、おまえのとうさんたちのもとへどんなことがあろうとも、必ず連れて帰ると決めとんのじゃ。そうじゃから、もう何もいわんでくれ、頼む」

その言葉に、分隊長と父親との深い絆《きずな》を知る河田一等兵は、そこで黙り込んだ。そして、文蔵の背中で号泣《ごうきゅう》した。

「泣け、泣け。おもいっきり泣け。わしの気持ちは変わらんど」

河田一等兵の生死を分ける苦悩の末の一大決意であったが、文蔵の一言によって彼の眼に涙があふれ出た。

「よしっ、そんじゃ行くとするか。中井、ついて来い」

「はっ」

中井一等兵は、元気よく応《こた》えた。雨もあがり、アラカンの密林に朝日が差し込んだ。文蔵には、それが、彼らに生きるのだと励ますものに思えた。

携帯天幕と背嚢で作った臨時の「背負子」は上出来であった。手の負担が無くなり、右手で自分の小銃《しょうじゅう》を杖代わりにして歩行することが出来た。

『軽うなったのう。おまえ、とても十貫目《じゅっかんめ》（約四十キログラム弱）もあれへんじゃろうが』

河田一等兵を背負って立った時に率直に思った。そして、そのことはとても悲しかった。

「中井、しんどなったら無理をせんと言うんじゃど」

「はっ、わかりました。大丈夫です」

中井一等兵は、その小柄な体に河田一等兵の装備品を背負いながらも元気よく返答した。

「陛下、申し訳ありません」

文蔵はそう言って、東の尾根筋の方向に身体を向けて立ち、遥《はる》か彼方の宮城《きゅうじょう》に向かって最敬礼《さいけいれい》をしていた。天皇から拝領《はいりょう》した小銃を杖代わりに使用することについて詫《わ》びていたのである。彼は自分の小銃の筒先をしっかりとにぎり、それを支えとしながらゆっくりと下山していった。雨は止んでいたが、雨を含んだ土壌の斜面に何度も足をすべらせた。そんな時、師範学校の柔道部で仲間を背負いながら石段を登り降りしていた時のことを、一瞬ではあるが想い出していた。

十二　カボウ谷地《こくち》

文蔵たちが、カボウ谷地《こくち》のクンタン北方の麓にたどり着いたのは、それから三日後の七月二十四日の昼前であった。第十五軍司令部が作戦中止を各師団に命令してから早くも二週間が経過していた。ようやくにしてインド領のアラカン山系を抜け出てビルマ領のカボウ谷地にたどり着くことができた。ビルマという響きの中に、日本軍が支配する地点に到達したという安堵感《あんどかん》が強かった。

だが、かつて文蔵たちが進撃に際して見たカボウ谷地は、すでに雨季に入ってから三ヵ月近くを経過した今、そこはチンドウィン河の支流であるユウ川の一部が氾濫《はんらん》して一層広大な河床《かしょう》道《どう》となっていた。茶褐色の濁流が北から南のカレミョーへと流れていた。はるか向こうに聳《そび》えるミンタミ山系に取り付くためには、この泥状《どろじょう》の大地と濁流を通過しなければならなかった。

『これは……』

文蔵は、眼の前に展開するカボウ谷地の現状を見て言葉を失った。ようやくの思いで深く高いアラカン山系の密林を踏破した先に見たものは、彼の気力を打ち砕く河床道の光景であった。

「分隊長殿、どうされますか……」

中井一等兵が、文蔵のとまどう表情を読み取るかのようにして尋《たず》ねた。

「うん。どうするか……」

文蔵は即座に返答することができなかった。彼が想定していた撤退経路は、ウントーから斥候《せっこう》任務を命じられて行軍してきたルートをそのまま逆に進むことであった。しかし、この位置から東南東の方向にあるミンタミ山系三〇五六フィート地点から下った山麓の村へ行くことは至難のことであった。かつてその村へ下った際、彼らは村人から親切にも宿舎と食料の支援を受けることができた。文蔵は、できることならば再度頼み込んで、何よりも宿舎の提供を受けて河田一等兵の健康を回復させてやりたいと考えていたのであった。

文蔵は、仮に北側へ回り込んで行った場合、第六〇聯隊の第二・第三大隊の撤退部隊に合流することができて、衛生部隊がその機能を有していたならば河田一等兵を彼らに委ねることが可能であった。しかし、アラカン山中で見た第二大隊兵士たちの疲弊した姿から察してその可能性は低いだろうと判断した。

では、南側に回りこんでいった場合、そこには第三十三師団が撤退しており、その中には第一大隊の生存者たちも合流しているはずである。しかし、それらの部隊に対して、英印軍の反撃がすでに開始されていることは当然であった。さらに、南側の下流部は一層大きな濁流が予想される。濁流を避けて麓沿《ふもとぞ》いに進み、谷地《こくち》が狭くなった地点を渡河するか、あるいは遠いけれどもカレミョーまで南下するかであるが、正直なところそこにたどり着くまでの体力は文蔵にも中井一等兵にも残っていないと思われた。どちらに行くとしても、絶対的な安全性は確保出来なかった。

『あきらめるな、どこかに生還への道があるはずじゃ』

文蔵は思案しつつ、河田一等兵を「背負子」に背負ったまま安全な木立の中へ入り込んで腰を下ろした。軽くなったとはいえども、河田一等兵を背負ってきた体は正直なところ悲鳴をあげていた。彼自身も、太く逞《たくま》しかったその腕や太ももの筋肉は眼に見えて細くなっていた。体力も、以前のように強くはなくなっていた。しかし彼は、体力の衰えを二人に悟《さと》られてはならないとばかりに強気の姿勢を崩すことをしなかった。それが、指揮官としてのあるべき姿勢であるという一つの信念を持っていた。

そして、食料がつき始めた今、この泥状の谷地を何とか突破してあの村へたどり着かねばならないと考えていた。河田一等兵のしだいに衰弱していく体力を考える時、もはやそれは彼の死を意味していた。一刻も早く彼を休ませ、栄養を与えて病と体力を回復させてやらねばならなかった。彼は再度地図を広げながら、周囲の地形と見比べながら渡河《とか》地点を探していった。そして、上流地点ほど谷地の幅は狭いことに気付いた。

文蔵は、地図から眼をあげて谷地の上流を食い入るようにして見つめていた。その瞬間、彼は主流であるユウ川の約三〇〇メートル上流地点に、草が生い茂る広い中州《なかす》の先が、遠くのミンタミ山地へと伸びる丘陵地《きゅうりょうち》帯であることを発見していた。

「中井、行くぞ」

文蔵は、すでに河田一等兵を背負った頃から、彼らを軍隊呼称である「一等兵」という階級名を省略して苗字読みで命じていた。それは、この危機を脱出するに際して軍隊的規律は不要だとの自らの判断があったからである。さらに、彼ら二人は小学校の後輩であり、実の「弟」だと思ったことにある。文蔵は、軍人である分隊長としての命令というより、小学校の先輩として二人を引っ張って行きたかったのである。

文蔵は、すぐに河田一等兵を背にして中州の対岸地へと急いだ。到着すると同時に、彼は中井一等兵に河田一等兵の側に付いていてやることを命じて、急いで再び山中へと入っていった。しばらくして山中から何かを切る音が聞こえ、やがて文蔵が長さ三メートルほどの細い枝を肩に担いでもどってきた。

彼は戻るやいなや、険しい表情で、夕刻にこの先の泥状の大地の先に流れるユウ川を渡河し、ついで中州に続く丘陵地を経由してミンタミ山地側へ向かうことを二人に命じた。しかし、ここからその中州と丘陵地に至る渡河がかなりの危険を伴うことは河田一等兵も中井一等兵も理解できた。

「危険は承知じゃ。じゃが、今、渡河せんことにはわしらの命の保証はできんのじゃ。それほどの危機が背後に迫っとる。この濁流を敵のイギリス軍じゃと思って『突撃』する。いいか」

「はっ」

「先ず、わしが河田を背負い、この枝を弦《つる》でわしの身体くくりつけてに進む。次に、おまえはこの枝をしっかりと握りしめてついて来るんじゃ」

文蔵は、中井一等兵は山奥で育ったこともあり山中では滅法強いが、深く大きな川を知らないだけに泳ぎは得意ではないことを以前に聞いていた。彼は水への強い恐怖心があったのだ。

「中井、心配すんな。わしとおまえの身体は枝で結ばれとるんじゃ。それで流されることはない。わしは、川も得意の一つじゃ。おまえは小銃を両手で握って杖にせい。非常事態じゃ。

陛下《へいか》も許してくださるじゃろう」

中井一等兵を鼓舞《こぶ》するかのように強い声で命じた。

「河田、今のわしの命令を聞いとったな。心配するな、わしは流されん。おまえを背負って必ず向こう岸へたどりつく。じゃから、その両手をわしの首にしっかりと巻きつけとくんじゃ。いいいな」

それだけ言うと、河田一等兵を背負い、太陽が山の稜線に落ち込む直前に枝を左わき腹に弦でくくりつけ、それを左手で握りしめながら川原へと足を踏み入れた。破れた軍靴に水が入り込んできた。その冷たさが、自分を叱咤《しった》させていた。

ユウ川の泥状の川底に何度も足をとられながら一歩一歩慎重に進んで行った。川幅はそれほど広くはなかったが、水深は腰よりも高いことが予想された。肩までの深さなら、流れの速さの中で三人とも流されてしまうことは明らかである。文蔵は、自らに『行ける』と言い聞かせて進んだ。思ったとおりに流れは速かった。

「中井、しっかりついて来るんじゃど」

後ろを振り返り、肩に河田一等兵の小銃と荷物を背負った彼を励ました。

文蔵は、少年時代から川で鰻《うなぎ》や鮎《あゆ》の魚とりを得意の一つとしていた。夏休みともなると、一日中急流の中での鮎の引っ掛けをしたり、その鮎を餌にして鰻捕りの仕掛けである「つけ張り」を日が暮れるまでして遊んだ。それゆえに、澱《よど》んで川底が見えない夕暮れの暗い川の中であっても、足の感触で底を探りながら胸まで水に浸りながら歩くことができたのである。

ちょうど川の中間点にさしかかる直前で立ち止まった。川の中ほどは流れが強くなり、川底が深く削られていることを経験上知っていた。思ったとおり、水の流れが急に速くなり底がえぐられていることに気付いた。進む方向を上流の方へとさらに角度を変えながら、慎重に足で川底を探った。そして、川底を慎重に探りながら前傾《ぜんけい》姿勢で進んで行った。背中の河田一等兵の重みが肩に食い込んでくる。

自分に気合を入れながら足先の感触を川底に集中させた。そして、その先が少し浅瀬になっている箇所を探り当てた。

『ここじゃ』

彼は斜め前方に向かって力強く歩き始めた。水の流れは急であったが、水深が浅くなるにしたがい体を流される危険性が低くなったことに危機からの脱出を感じとった。

「中井、気い抜くなよ。もうちょっとじゃ」

「はっ」

小柄な中井一等兵にとっては、水深が文蔵の胸近くになれば、彼の体は頭一つ残す深さになる。そこで、彼が恐怖に負けないための元気付けが必要であった。ようやくにして、文蔵はユウ川の深みと急流から解き放たれて中州の浅瀬へとたどり着くことができた。

「もう安心じゃ。中井、ようついてきた。河田、もう大丈夫じゃど」

「分隊長殿、ありがとうございます」

河田一等兵も、笑みを浮かべ、小さな声であったが文蔵の肩に力を入れて感謝を示した。

中州《なかす》でしばらく小休止したあと、彼らは急ぐようにして広い中州の先が陸続きとなったなだらかな丘陵地へと登っていった。三時間ばかりをかけてようやく反対側のミンタミ山地側の麓の先端にたどり着くことができた。暗闇の向こうにさらに一つの川が流れていた。しかし、そこは川幅が広いためか思ったより流れが弱く、文蔵たちは水深が腰のあたりまであったものの自信をもって渡河することができた。

ミンタミ山地側の岸に到着後、周囲を警戒しながらすぐに山中の茂みの中に入り込み、幹周り数メートルはあると思われる大樹の下に陣取った。周囲を見渡したが、眼の中に入る灯りは一つもなかった。暗黒の闇の中にいることに、不思議な安堵観があった。ともかく、その場所が安全であることが確認できたので、そこを今夜の露営地とすることにした。そして、先ほどの渡河の疲労が厳しかったことからこれ以上の歩行は無理だと判断して、めざす村へは明日の朝早く出発することとした。

文蔵は、ここまでくればもう焦る必要はないと思った。ただ、彼には眠りにつきながらも、村人たちが以前と同様に支援してくれるだろうかという一抹の不安があった。すでに戦いの大勢は完全に逆転していたゆえに、英印軍による日本軍とその兵士に対する対処命令が出ている可能性があったからである。そんなことを考えていたが、やがてその日の疲労がでたのであろうか、いつしか深い眠りの中へ落ちていた。

翌日の七月二十五日、朝日が昇る前、文蔵たちはタム対岸に位置する目的の村に向けて出発した。明け方からいつものように雨が激しく降っていた。文蔵は、何度となく、途中で出会った農民に村への道を確認しようと近づいた。しかし、彼らの多くが三人の薄汚れた日本兵に恐怖を感じ取ったのであろうか、足早に立ち去って行ったり、無言で後ずさりするなどの拒否反応を示した。それが、一つの不安材料となっていた。

何度かの小休止をとりながら、彼らがようやくにしてめざす山麓の村へ到着することができたのは、まる一日を労した夕方のことであった。文蔵にとって、河田一等兵を背負っての歩行は遅かった。また、中井一等兵にとっても、二人分の軍装備と小銃を担いでの行軍は辛いものがあった。

村の中心部にある懐かしい高床式の村長の家を訪ねると、見覚えのある背の高い初老の村長が家の中から出てきた。彼は、長くのびた髭《ひげ》だらけで黒く汚れた軍服姿の文蔵を見た瞬間、何か恐ろしいものでも見たかのような仕草を見せてその場に立ちすくんだ。村長にとって、雨に濡れた文蔵たちのみすぼらしい姿は、亡霊のように感じられたとしても不思議ではなかった。

文蔵はそれを感じ取って、即座に身振り手振りを交えながら自分たちがかつてこの村で世話になったこと、そして現在に至る経過を必死になって説明していった。

すると、最初は驚き、そして不審さを拭《ぬぐ》いきれずに後ずさりしていた村長であったが、文蔵の懸命に訴える姿勢の中に何かを思い出したのか突然「はっと」気付いた表情を見せた。それから村長は、雨の中に立ち尽くしていた痩《や》せて泥だらけの日本兵を、先導しながら家の中に招き入れた。

文蔵は、その瞬間、自分たちはまだ「生きて還る」ことが出来るという一縷《いちる》の望みを持つことができた。そして、彼はビルマの人々に対する好意に対して深く感謝した。彼らの慈悲深い親切心は、その厚い仏教を信仰する精神から生じているのであろうかと、ふと思うのであった。幸いにして、英印軍はこの村にはまだ来ていないこともわかり安堵した。それまでに、河田一等兵の病気を治癒させ、自分と中井一等兵の体力を回復させておかねばならなかった。

翌日、文蔵は、久しぶりに河田一等兵の「ふんどし」などの下着と軍服一式を洗うために井戸水を借り受けた。その「ふんどし」は、彼が便を垂《た》れ流していたために強い悪臭を発し汚れきっていた。

彼の服を脱がせた時、文蔵は、胸の肋骨《ろっこつ》がむき出しになり痩《や》せ細ったその身体を見て思わず絶句した。想像はしていたものの、骨と皮だけといってもよい彼の身体に、言いようの無い辛さと悲しさに涙をこらえた。そのためであろうか、彼の「ふんどし」を手で洗いながら、『河田、大丈夫じゃ、大丈夫じゃ』と自分に言い聞かせるように呟いていた。

村長たち村人の、数日に渡る親身な支援によって、文蔵と中井一等兵の体力も徐々に回復していった。しかし、河田一等兵の身体はやはり回復することがなかった。彼のマラリア病はほとんど治まってきたようであったが、体力を無くしたその身体で自力歩行することはまったく無理であった。しかし、英印軍の追撃がかなりの進度で展開されていることが想定され、これ以上この村の好意に甘んじることはできなかった。文蔵は、厳しい撤退となることを想定しながら、一刻も早く背後のミンタミ山地を踏破してチンドウィン河へたどり着くことを決断した。

十三　「生きて還るんじゃ」

五日目の七月三十日の早朝、文蔵は村長とその家族や村人の見送りを受けて出発した。出発に先立って、村人たちは彼らにとっても貴重な食料を提供してくれた。村長は米、芋《いも》などのみならず、野菜や鶏《にわとり》の卵をヤシの葉に詰め込んで文蔵の胸に押し付けた。手渡しながら彼は笑顔で文蔵に何か言った。しかし、ビルマ語を解することのできない文蔵にはその意味がわからなかった。ただ、無事に日本へ帰還できるようにと言ってくれたのではないかと勝手に解釈し感謝していた。

彼は激しい戦場の地ビルマで、幾度かの危機に遭遇しながらも、そこで暮らしていた現地の村人たちの善意によって死地を脱出することができた。それゆえに、この戦場から無事に日本に帰還することができたならば、そして平和な戦後となった時には、再びビルマの地を訪ねて必ず何らかのお礼をしなければならないと心から考えていた。

文蔵は、最初の到達目標地点を、三〇五六フィート高地のかつて英印軍のトーチカ陣地があった場所と設定した。そこは、ビルマに来てから最初の戦闘で分隊員の鈴木上等兵と林田一等兵が戦死した場所であった。彼は、分隊長としてもう一度彼らの「墓参り」をして、その場所で二人の冥福《めいふく》を祈ってやることが自分の責務であると考えていた。

ミンタミ山地への出発を決断した昨夜、油《あぶら》明かりの下で地図を広げ、村から三〇五六高地へ向かうためのルートを選定するためにミンタミ山地の地形を凝視《ぎょうし》していた。彼は、村の背後のミンタミ山地が二重山稜《にじゅうさんりょう》になっていることは、すでに三〇五六高地の戦闘後のルートとして知っていた。

ミンタミ山地は、ユウ川がタム南部の数キロメートル先で一つの支流となって、本流から分離して東へと方向を変えチンドウィン河へと注ぎ、その川から北側は二重山稜の地形を形成していた。したがって、村から少し南側に一本の小さな谷川がユウ川に注ぎ込んでいるが、その谷川添いに上がって行けば標高千フィート(約三〇〇メートル)程度の低い西側の山稜へと続く。その山稜を下れば、北側から川が流れて来る広い谷となる。さらに、その谷から再び三〇五六高地が位置する東側の高い山稜となっており、その山稜を下って行けばチンドウィン河のシッタンに至る。

『これじゃ』

文蔵は、このルートこそが最も体力を温存しながら三〇五六高地に到達し、めざすチンドウィン河に到達することが出来ると判断していた。

三人は、早朝に村を出発してから南へ伸びる細い道を歩き、昨夜確認していた谷筋へ入る地点までやってきた。まだ河田一等兵の体力が歩行するまでに回復していなかったために、文蔵はいつもどおり彼を背負って歩いてきた。その疲れもあったので、谷へ入り込む前に小休止をとった。しっかりと朝食を摂《と》っていたのだが、さすがに河田一等兵が軽くなったとはいえども、久し振りに彼を背負っての歩行には充分に肩がなじんでいなかった。

文蔵が座り込んだ草の上は、夜露によってかなり濡れていたが、今の彼にとって、そんなことはどうでもいいことであった。それを、まったく気にしないほどに疲労が蓄積していた。

「河田、ここでしばらく休んでいこう」

「はい、分隊長殿には本当にご迷惑をおかけします」

「それは言うな。わしは、おまえを弟の平蔵じゃと思うて背おっとるんじゃ。気にせんでもよい」

「はい、ありがとうございます」

河田一等兵は、文蔵の弟の平蔵とは尋常小学校の一級下であり、中井一等兵の一級上であった。彼は、平蔵が文蔵と同じように頑健《がんけん》な身体で運動が得意な少年であったことを想いだしていた。

「分隊長殿、ところで、平蔵さんはどうされているのですか」

「平蔵か、急に何じゃ。……そうじゃのう、あいつは二〇聯隊で中国の戦線におるが、さて……どうしとるかのう。こんなビルマの奥地には軍事郵便も届かんさかいに、どうしとるか全然わからんのう。まあ、あいつのことじゃで……何とかしぶとく生きとるとは思うんじゃがのう」

文蔵は、灰色の雲が広がる空を見上げながら平蔵の顔を思い浮かべて言った。そして、弟とはもう数年会っていないことにも気付いた。インパールの戦いと違い、中国での戦いは有利に進んでいるのではないかという思いがあった。

文蔵が、そんな思いを抱きながら遠くの濁流を何気なく見つめていた時であった。彼の眼に、ユウ川の下流に英印軍らしき部隊の動きが入ってきた。その位置は、距離にしてかなり先である。彼は即座に双眼鏡を取り出してその様子をうかがった。

泥状にぬかるんだ道を軍用トラックがこちらに向かってくる。トラックの車種からみて日本軍のものではなかった。パレル－タム間を完全制覇した英印軍が、北側からの英印軍との共同作戦で敗走する日本軍を追撃して、南北からはさみ撃ちにするために派遣された部隊であることが考えられた。文蔵は、敵がここまで来るためには数分を要するだろうとみた。彼は、河田一等兵を背負い終えるやすぐにミンタミ山地へと急いで登っていった。

『それにしても、早い』

文蔵は、この追撃の早さに日本兵の危機的状況を察知していた。第十五軍が作戦中止を命令してから二十日が経過していたが、食料もなく疲弊した日本軍将兵の撤退は極めて困難な状況に陥っていることは間違いなかった。二日後には八月を迎えるが、彼らの体力から推測してもチンドウィン河西岸に到達することは難しい。加えて、雨季によって水かさが増した濁流のチンドウィン河の渡河は一層困難を伴うであろうと考えた。

敵の追撃を予想して、文蔵と中井一等兵は千フィートの高原状の山稜へと藪《やぶ》をかき分けながら必死に駆け上がって行った。ようやくにして、その山稜の東側へとたどり着いたのは昼過ぎであった。

何度かの休憩をとりながらではあったが、急いで登ってきたために文蔵は激しい疲労でその場の草むらに倒れ込んだ。そして、河田一等兵を「背負子」からゆっくりと降ろして水筒の水を一口飲んだ直後、その場にバッタリと大の字にうつ伏してしまった。

文蔵は、河田一等兵を背負ってアラカン山中からカボウ谷地、さらにこのミンタミ山地へと既に二週間以上を歩き続けていた。その痩《や》せ衰え疲弊《ひへい》した身体は、限界に近付いていたのであった。彼は死んだように眼を閉じて、草の臭いを感じながら大の字の姿勢でうつ伏してしまった。子供の頃、れんげ畑でうつ伏した時の懐かしい香りの中にいる自分を想い出していた。

すでに文蔵の軍靴は、長期の行軍によって大きく磨《す》り減り数箇所に穴があいていた。軍服もうす汚れ、いたるところが擦《す》り切れていた。『生きて還るんじゃ』という執念だけが、彼の限界に近い肉体をかろうじて支えていた。それは、中井一等兵も同じであった。彼の小柄な身体は、河田一等兵の小銃と装備品を背負っての行軍のために疲弊の極限に近付いていた。

草むらに身動きもせずに倒れ伏す二人の姿を見た時、河田一等兵は、そこに分隊の最期を見る思いがまたしても生じていた。このままでは、分隊長も中井一等兵もやがて立ち上がることができなくなってしまうことが瞬間的に理解できた。それは、確実に三人の死を意味していた。彼の疲弊した精神と肉体がそうした懸念を生じさせていたのである。

河田一等兵は、心の底から両親の待つ故郷への生還を強く望んではいた。しかし、背負われて撤退していくことしかできないほどに衰弱したわが身を思う時、彼自身、すでに自分の命がもうすぐ尽きることを確実に感じとっていた。それだけに、分隊長の文蔵がこのまま倒れてしまうことだけは何としても阻止したい思いが強かった。そうしなければ、中井一等兵までも犠牲にしてしまうと考えたからである。

『あかん。分隊長と中井一等兵を自分の道ずれにしたらあかん。……分隊長殿、今日まで私を生還させるための御尽力、本当に有難うございました。私はもう死んでも本望《ほんもう》です。もうこれまでの御好意で十分です。どうか私をここに捨て置き、中井一等兵を連れてチンドウィン河へと先を急いでください。お願いします』

河田一等兵の脳裏に、再び一つの決意が生じていた。彼は、現在に至るまで、分隊長である文蔵の並外れた自分に対する尽力に言い表すことのできない恩義を持っていた。文蔵の肉体的な苦しみというものを、彼に背負われて「行軍《こうぐん》」する中で痛いほど感じていた。それだけに、もうこれ以上の負担を懸《か》けることは、分隊長を死の道ずれにしてしまうことになると察知し、そのことを何よりも恐れた。それだけは絶対に避けねばならないと思った。その瞬間、彼は今度こそ分隊長に自分の気持ちを正直に伝えるべき最後の時がきたと決断していた。

「分隊長殿」

河田一等兵は、その弱りきった身体をゆっくりと起こし、意を決して文蔵に本意を告げようとした。

「何じゃ、河田」

「分隊長殿、……」

「どうした、しんどいのか。……遠慮せんと何でもゆうてみい」

文蔵は草むらに伏しながら、言葉につまり思いつめたような表情で自分を見つめる河田一等兵に、ただならぬものを感じとっていた。

「分隊長殿……どうか、どうか……お願いです。今度こそ私をここに残して先に行ってください」

「……」

「分隊長殿、これまで本当に有難うございました。どうか……どうか私をここに残して先に行ってください」

「何じゃと、河田……なんでまたそんなことを言う」

突然の河田一等兵の申し出に、文蔵はすばやく草むらから身を起こし、彼の側に駆《か》け寄っていた。

「分隊長殿。河田一等兵のたってのお願いです。このまま二人で先に……」

正座したままの姿勢で、河田一等兵は文蔵の方を向いてその細くなった両手をそっと合わせた。

「あほう、何を言うんじゃ。アラカン山中で前にもゆうたじゃろうが、必ず親父さんのとこへ帰るんじゃと」

涙を流して哀願《あいがん》する河田一等兵を睨《にら》みつけながら、文蔵は彼の合掌《がっしょう》するその手を強く握りしめてやった。

「いえ、私はもうだめです。いいんです。……分隊長殿、わかるんです……私はもう助からない命です」

「だまれ、河田」

「いえ、このままでは分隊長まで犠牲にしてしまいます。だから……分隊長殿お願いします。わたしをここに……」

河田一等兵の目に涙が一杯浮かんでいた。

「言うな河田……言わんでもよい」

「もうだめなんです。私は助かりません。……これ以上、分隊長たちといっしょに行くことはできません。このままでは全員が倒れてしまいます。どうか私をここに置いて……」

河田一等兵がそこまで言った時、文蔵は河田一等兵の手を握っていた手で彼の頬を強くひっぱ叩《たた》いた。河田一等兵の骨と皮だけの痩《や》せ衰えた顔が歪《ゆが》んだ。

それは、叩かれた肉体的な痛さ以上に、分隊長への思いを否定している自分に対するいいようのない精神的な苦痛でもあった。

「しっかりするんじゃ河田よ。分隊の約束、必ず『生きて還るんじゃ』ゆうことをおまえは忘れたんかい。これは単なる約束じゃないど。……分隊長としてのわしの命令であることを忘れたらあかん。どんなにしんどうなっても、わしといっしょに日本へ生きて還《かえ》るんじゃ。生きて……」

「……分隊長殿」

「もう、あほなことはゆうな。河田よ、親父さんたち家族みんなは、おまえが生きて還ってくることを何よりも望んどっちゃど」

「……」

「それに、小学校の教室では、子どもたちが優しかった河田先生が教壇へもどってくる日を待っとるじゃろうが。その期待を裏切ったらあかんのじゃ」

「うっううっう……」

「そのことだけは、絶対に忘れたらあかんのじゃ。いいか」

文蔵は、むせび泣く河田一等兵のやせ細った身体を、自らの胸に引き寄せて強く抱きしめた。

「分隊長殿、……」

「ええんじゃ河田、いらん心配せんでもよい。わしも、ほって（それから）、中井もちっとも辛いことはないんじゃ。わしらはおまえのためだけに行動しとるんじゃない。……おまえがおるから、……じゃから、わしは『生きて還るんじゃ』ちゅう希望を持っとるんじゃ。おまえを失《うし》のうたら、……万が一、失のうてしもたら、わしは生きて還れんのじゃ」

「分隊長殿」

「そうじゃから、二度と置いていってくれなどと、阿呆なことをゆうたらあかん」

「……」

「わかったか」

「分隊長殿。うっうっ……」

河田一等兵は、むせびながらとめどなく涙を流し続けた。

「そうですよ、河田先輩。分隊長殿の言われたように、きっと、お父さんの河田先生やお母さんも先輩の帰りを待っとっちゃと思いますよ」

先ほどから、二人の深刻な会話を聴いていた中井一等兵が、河田一等兵の側に来てその肩に手を置いて言った。中井一等兵も、先輩一等兵の河田一等兵に対して「一等兵」の呼称を辞《や》めていた。彼は、河田一等兵を小学校時代の先輩として接することを決めていた。

「うっ、うっ……」

彼は、中井一等兵の声かけに一層激しくむせび泣いた。文蔵は、河田一等兵を抱きしめながら『そうじゃ、そうじゃ』とばかりに、優しくそのやせ細った身体をさすってやった。

文蔵は、近頃、河田一等兵が食事の後で自分の軍隊手帳を取り出し、思いつめたように憂いに満ちた顔で何かを筆記していた姿が気にかかっていた。その筆記内容が、先ほどの発言になったのではとも考えた。

河田一等兵の苦痛の選択をした気持ちを鎮《しず》めるために、その場でしばらく休憩を取った。それからしばらくして、小高い山を南に巻きながら高原の東端へ向かった。だがその間、彼らは東端の谷筋から激しい爆撃音がするのを聴き逃さなかった。文蔵は、その音を『何じゃ』と不審に思いながらも先を急いだ。

数分後、灰色の雲の下の遥《はる》か前方に、こちらに向かって飛んでくる数機の編隊機影を発見した。

「敵の戦闘機かもしれん。中井、すぐに退避じゃ。ついてこい」

「はっ、了解しました」

文蔵たちが小走りで木々の中へと身を隠した直後、上空を五機の戦闘機が轟音を残して通過して行った。それは、イギリス軍のスピットファイア戦闘機であった。最近は、上空に日本軍機を見ることはなく、完全に制空権《せいくうけん》をイギリス軍に握られていた。しばらく林の中で身を潜《ひそ》めていたが、文蔵は戦闘機がすぐに引き返して飛来してくることはないだろうと判断して、灌木《かんぼく》の茂みの中を慎重に二重山稜の谷へと降りていった。

河田一等兵を背負っていることから、三時間ばかりかけてようやく谷を望む地点へと降りてきた。そこは、谷というより大きな峡谷を形成していた。盆地と形容してもおかしくない広い谷で、中央部を川が流れている。やはり、雨季のため相当に水かさが増えていることが確認できた。

文蔵は、先ほどの爆撃音が気になっていたために、いつものように双眼鏡を取り出して峡谷全体をゆっくりと見渡していった。やはり彼の想像した通りであった。彼は双眼鏡を川下から川上へと移動させていた時、川上に爆撃されたと思われる木々が粉砕されていることに気付いたのだ。さらに、慎重にその周辺を探索していくと何人かの倒れた人影を見つけた。文蔵は、それが日本兵であると即断していた。

「河田、中井。日本兵じゃ。さっきの爆撃でやられたんじゃ。行くぞ」

文蔵は、敵の歩兵部隊がいる可能性を考えて、谷へ降りずに山際の笹が生い茂った中を、かき分けるようにして上流へと進んでいった。ようやくにして爆撃現場の山際まで来た時、その惨状《さんじょう》が眼に飛び込んできた。二十人ばかりの日本兵が、二〇〇メートルほど先で破壊された倒木の中に倒れていた。

文蔵は、河田一等兵をその場に降ろした後、敵が近くにいないことを再度確認してから笹の藪を出て峡谷へと足を踏み入れた。軍刀を左手でしっかりと抱え込み、中腰姿勢をとりながら素早く現場へと走った。

『何ということじゃ、……』

一番近くに倒れている兵士の側まで来た時、再びライマトル・ヒルの戦闘とパレル基地前方に倒れていた日本軍兵士たちの無惨な姿が重なった。川原の中の兵士は、身体を引き裂かれ眼を大きく見開いて倒れていた。残念であるが、もう救護の必要がないことが瞬時にわかった。場所を移動しながら視線を左右に移動させ、その他の兵士の生死を手で探りながら確認していった。

「おーいっ、誰か。声が出せるものはいないか、返事しろ」

文蔵は、一人でも助けたい思いが強かった。インパールの激戦を闘い、ここまで撤退してきておきながら、このような形で最期を遂げなければならなかった日本兵に、同じ境遇にいる者としての当然の思いがあった。恐らく、彼らは第三十一師団あるいは文蔵たちの第十五師団のいずれかに所属する兵士であることは間違いなかった。

「おーい、誰か声を出せー」

彼は、歩き回りながら何度も何度も叫んでいた。しかし、文蔵の呼びかけに応える声は一つも返ってこなかった。

「誰も返事せんか……」

すべての倒れていた兵士を確認して、文蔵はガクリと肩を落とした。倒れた兵士への哀悼《あいとう》と共に激しい怒りが再びわきあがってきた。それは、ほとんどの兵士が爆撃弾によって手足や首そして胴体を吹き飛ばされており、正常な姿の兵士の体には無数の弾痕の後が見られ、衣服が血に染まっていたからである。

彼らは爆撃によって吹き飛ばされ、そして何とか爆撃の危機から助かった兵士たちは、容赦《ようしゃ》なく敵戦闘機の機銃掃射《きじゅうそうしゃ》によって射撃の的となって倒れていったと考えられた。文蔵が、特に彼らの死を憐《あわ》れんだのは、そのやせ細った身体であった。餓死《がし》寸前の兵士に対して、イギリス軍機は徹底的に至近距離から機銃攻撃していったものと考えられる。そのことに対する怒りが大きかった。文蔵も、自分たちが食料を確保していなければ彼らと同じ運命をたどったことを考えた。

「中井、引き返すぞ」

現場の惨状に茫然と立ち尽くす中井一等兵に対して、文蔵は日本軍兵士を埋葬《まいそう》することを諦《あきら》めた。それを実施するだけの体力は、すでに彼らにはなかったからである。

「ゆるせ」

文蔵は、倒れている日本軍兵士に対して深々と頭を下げて詫《わ》びた。そして、合掌した。それを終えると、再び先ほどの笹の茂みの中へと急ぎ走った。何時、先ほどのような戦闘機による攻撃に遭《あ》う危険があるか分からなかったからである。

文蔵は、河田一等兵の待つ茂みにもどり、もう一度地図を広げて今後の撤退進路を真剣な眼差《まなざ》しで考えこんだ。

そして、この谷を越えて対岸の三〇五六高地が聳《そび》えるミンタミ山地の東山稜へ向かい、谷沿いにやや平坦な山稜を登って三〇五六高地を登っていくルートを行くことが最良であると判断した。だが、谷を抜けるまで彼ら三人の姿を遮《さえぎ》るものがないために、敵機の襲来を覚悟して中央部の川を渡河しなければならなかった。したがって、やはり夜陰《やいん》に紛れて突破する以外に方法はなかった。そのことを文蔵は二人に説明した。

夕刻、日が落ちていった時、文蔵は出発の命令を出して峡谷へと足を踏み入れた。手には、山中にて準備したカボウ谷地の渡河に利用したように手に長い枝を握っていた。中央部を流れる川の幅は狭いが谷独特の急流となっていた。文蔵は腰までつかる水流に難儀しながら、中井一等兵を枝でひっぱり一歩一歩時間をかけて何とか渡河を成功させることができた。彼は安堵感から、「ふーっ」と大きくため息をついていた。

すでに夜になっていたので、その日は渡河地点で露営することにした。文蔵はスコールを心配して、河田一等兵のために再度「野戦病院《やせんびょういん》」の設営に取りかかった。

『もうちょっとじゃ、わしががんばらにゃならん』

部下のためにも自分自身を叱咤《しった》していた。それにも増して、今日、河田一等兵の言った「自分を残して先に行ってください」という二度目の言葉が、今も強く彼の耳に残っていた。

『やっぱり、あいつなりに苦しんどるんじゃなあ。何とか気持ちを落ち着かせんことには、またゆうかもしれん。それに……』

彼は、河田一等兵が、最悪の場合に自ら死を選ぶ恐れがあることを懸念《けねん》した。それを防止するために、今夜から再度交代の見張り番を立てる必要があると考えた。中井一等兵はかなり疲労が激しいようであったので、文蔵が先に見張り番に立つことにした。

『苦労かけるのう』

文蔵は、寝つきの早い中井一等兵のすっかり痩《や》せこけてしまった顔を見つめながら、彼に感謝していた。小柄な体つきながらも、あれほど俊敏であった農民兵士が、最近は食料不足と疲労のためにすっかり元気をなくしていた。かつて文蔵に、食料がなくなった時は、蛇や蛙を捕まえて料理すると約束していた行動はすでに取れない身体となっていた。

彼の寝顔を夜の闇の中で見つめながら、その存在の大きさをしみじみと感じていた。そして思った。自分と河田一等兵の二人だけであったならば、ここまで生き延びることはできなかったであろうということを。中井一等兵は、尋常小学校を修了しただけであったが農業に精を出し、苦労の中でも不平も言わず力強く生きる力を持っていた。文蔵は、それは、彼のかけがえの無い貴重な財産であると思った。

文蔵は、連日、河田一等兵を背負う自分の後ろから、苦しい表情で必死について来る中井一等兵の辛そうな顔と息遣《いきづか》いに気付いていた。それゆえに、何度も河田一等兵の荷物を、衛生用袋と小銃以外を除いて捨てさせようと考えたことがあった。

しかし、必ず河田一等兵が病気を治癒《ちゆ》し、そして体力を回復する日が来ることを信じていた。その時に、軍人として何も持たない軍人としての「恥《はじ》」を彼に与えたくはなかった。生存する分隊員の一人として、彼を必ず後方の野戦病院へ送ってやることが分隊長としての責務であると考えていた。そのために、中井一等兵には辛い試練を与える結果となっているが、今まで通り河田一等兵の小銃と荷物を運搬する役割から解放することができなかった。そして、自分に代わってさらに疲労度が増す河田一等兵を背負わせて行軍させることは、疲弊し体力も落ちた小柄な彼の体に科すことなど到底できなかった。

文蔵は、二人が眠ったのを確認した後、大木を背にしてもたれかかりながら、昼間に見たイギリス軍機と日本兵との遭遇について、そして日本軍の撤退経路について考えた。

まず第十五師団の撤退路がアラカン山系を越えてチンドウィン河に至ると仮定するならば、何よりも師団出発地点を目指すことが最も確実なルートである。そうすると、アラカン山系をそれぞれの部隊ごとに撤退していたならば、カボウ谷地に出て、その後はタウンダット周辺あるいはミンタミ山地を越えてシッタン周辺に向かう。その後、部隊ごとにチンドウィン河を渡河してパウンビン周辺に向けて撤退すると考えた。したがって、シッタン方面へ撤退する部隊は、カボウ谷地を抜けて東に連なるミンタミ山地を越えなければならない。二重山稜となっているミンタミ山地の中央部を谷沿いに南下して行き、そこから踏破が可能な低山を再び目指すはずである。

明日、自分たちが登って行く比較的なだらかな山稜は、チンドウィン河西岸のシッタンへと到達するための主要な撤退路となっている可能性が高かった。そうだとすれば、そこを登ることはイギリス軍機の格好の標的になることが予想される。特に谷沿いは水を得ることができるため、日本軍将兵がそのルートを選択して山稜を目指していることは間違いないと判断した。

一方、パレル街道を抜け出たタムからミンタミ山地を越えてチンドウィン河西岸の村シッタンへのルートは、第六〇聯隊第一大隊の生存者が加わっていた第三十三師団の山本支隊の部隊にとって、最もチンドウィン河への最短の撤退路となっていた。

タムに設営されていた草で作られた名ばかりの野戦病院には、パレル方面からの英印軍の追撃を前にして自力歩行ができない四百名以上の負傷兵がその中に横たわっていた。しかし、彼らは撤退の足手まといになるとの理由から、無慈悲にも日本軍の手によって青酸《せいさん》カリや注射によって処置《しょち》されていた。何とか歩ける負傷者たちは、カボウ谷地からミンタミ山地を経て文蔵たちが向かう経路をすでに通過していたのである。工兵隊がユウ川に張り巡らしたロープにすがりながら、彼らは濁流の中を渡河して行った。しかし、疲弊し体力のない多くの兵士は急流となっている濁流にのみこまれて最期を遂げていった。

他方で、一刻も早く英印軍の追撃から撤退するために、大多数の兵士は濁流を避けてタムから南下してカレワ方面に向かって撤退して行った。しかし、チンドウィン河西岸のカレワ方面への敗走路は長く、その間に食料もなく疲弊した彼らは次々と力つき倒れていった。そのために、カレワへと至る道の木陰《こかげ》には、数メートルから十数メートルの間隔で日本軍兵士の死体が重なり合うようにして横たわっていた。

文蔵たち分隊員三名は、河田一等兵のマラリア病と体力の喪失《そうしつ》のために、アラカン山系での踏破に日数を多くかけていたために、第三十三師団の山本支隊の撤退よりもかなり遅れてタム北方のクンタン付近に到達したことになる。いわば、日本軍の主力部隊からは完全に取り残されていたのであった。しかし、そのことを文蔵たちは知るよしもなかった。ただし、インパールを目前にしながら撤退を余儀なくされた将兵など、彼らより、さらに遅れて山中をさまよう多くの兵士たちがいたことも事実である。

『しんどいが、谷沿いから少し南の山間部側を登ったほうがよいかな』

文蔵は、太い広葉樹に背をもたれかけ、樹間《じゅかん》からの暗い夜空を仰《あお》ぎ見ながら今後の撤退経路と三〇五六高地へのルートを頭に描いていた。そして何よりも、今後も横で熟睡する二人の部下を引き連れて、可能な限りの生還に向けて努力しなければならない責務を考えていた。そのことを考えている時、またしても、ビルマ特有の激しい雨が降ってきた。

「また雨か……」

文蔵は、小さな声で苦々しく呟《つぶや》いていた。

十四　「分隊長殿、チンドウィン河が見えます」

昨夜から降り続いていた雨がようやく止んだ。七月三十一日の早朝、文蔵はミンタミ山地東山稜に向けて出発した。昨夜考えていたように、危険回避のために谷筋から一〇〇メートルほど南側山間部の中を低木の藪《やぶ》をかき分けながら登って行き、何とか明日中に目指す三〇五六高地に到達したかった。

明日からは暦《こよみ》も八月を迎える。日本ではまだ真夏の季節であるが、亜熱帯気候とはいえビルマの夜明けはかなり肌寒い。昨夜からの雨によって気温が下がっていたためである。文蔵は、河田一等兵の体調をしっかりと見てから、いつも通り彼を「背負子《しょいこ》」で背負った。文蔵には、彼のやせ細った身体ではあったにも拘《かか》わらず、正直、日を追うごとに背中にかかるその負担が重くなっていた。

峡谷から最初にめざす山地へは、危険な谷筋を避けて山中へ入り込み、「けもの道」である人の踏み後のような細い筋《すじ》へ草木《くさき》をかき分けるようにして稜線へと向かった。

文蔵は、その「けもの道」を登っている時、ふと、祖父と山仕事で「けもの道」に沿って山の頂上部へと向かっていた時のことが思い出された。祖父は、文蔵に山仕事を通じて山での歩き方や危険に遭遇した時の対処方などいろいろと教えてくれた。途中で山椒《さんしょう》の実の臭いを感じたならばすぐに山椒の木があるかを探し、もしなかったらマムシがいるので注意することなど、山で生きる者としての基本を教わった。文蔵は、祖父が山仕事を通じて教えてくれたことが、このアラカン山系やこのミンタミ山地の踏破に役立っていることに感謝していた。

三〇分ほど登った時、文蔵は谷川に注ぎ込む小さな流れのある場所まで来て小休止をとった。彼は水を補給するために河田一等兵を「背負子」から降ろし、樹間から垣間《かいま》見える上部となる山稜の方角を確認した。ちょうどその時、東の稜線附近に太陽が昇ってくるのを木々の梢《こずえ》を通して見ることができた。周囲が明るく輝きはじめた。彼は、思わず山の稜線から出てくる赤く輝く太陽の光に向かって自然と手を合わせていた。

彼は手を合わせていた時、祖父が山の稜線から登る太陽に向かって、玄関前で毎朝手を合わせていた姿をふと思い浮かべていた。

『じいちゃん、どうかわしら三人を護《まも》ってくれ。わしはどんなことがあっても生還する。ほんで（そして）またじいちゃんと山仕事にいくで、それまでちょっとの間《ま》待っとってくれ』

文蔵は、手を合わせながら祖父との固い約束をしていた。だがそれ以上に、苦労の中で自分たち三兄弟を育てた母松江への思慕は強かった。母は、夫亡き後も文蔵たち三兄弟を守り、分けへだてなく愛情をもって育てあげた。それだけに、文蔵は、苦労して育てた三人の息子たちを、戦時ゆえに戦地に送り出さねばならなかった母の気持ちはいか様であったかと考えた。

母は、文蔵の出征に際し、林田一等兵の母親のように、「生きて還れ」とは言わなかった。ただ、出征前夜、仏壇前に家族全員がそろった中で、彼に言った言葉の中にその真意があったのではと考えていた
「文蔵、おまえが兵士として出征《しゅっせい》して行く以上、かあちゃんはおまえの戦死を覚悟しとる。

……けどな、おまえは、教師になるんじゃとゆうて『師範学校へ行く』と決めた時の志《こころざし》だけは忘れたらあかんど、ええな」

彼は、母の念押ししたその言葉には、「必ず生きて還って、教師になるんじゃど」という願いが強く込められていたのではと考えた。その母の苦労に恩返しするためにも、文蔵はどんなことがあろうとも自分も生きて還らねばならないとの思いを強めていた。

そして、戦地にいる兄の哲蔵と弟の平蔵が、同様に無事に生還することを祈った。それはまた、残された部下である河田一等兵と中井一等兵の家族に対して、彼らを無事に家族のもとに帰すという、自らに課せられた責務の自覚ともなった。

「分隊長殿、日本では、今、何時ごろなんでしょうか」

文蔵が、そのような思いに浸っていた時、遅れて到着した中井一等兵が、唐突《とうとつ》にも文蔵に尋ねてきた。彼の体力もかなり弱くなり、歩行はしだいに遅くなっていた。

「そうじゃなあ、経度《けいど》がだいぶ違うから、……そうじゃのう。日本は、もう八時か九時ごろと違うかな」

「そうですか。ほんなら、うちの親父《おやじ》も黒べえの餌の草刈《くさかり》も終えて、家へもどって一服しとる頃かもしれませんねえ。出征する前、その仕事は私の役目じゃったんです。……ほんま、あいつはよう食べるんで、毎日の新鮮な草刈が大変じゃったんです」

「そうか、そりゃ大変じゃったのう。そんなら、はよう帰って親父さんを楽さしたげなならんのう」

文蔵は、そう言って中井一等兵を励ますのであった。

三人は、そこでしばらく小休止をした後、再び進路を「けもの道」に沿うようにして稜線をめざして登って行った。傾斜が急になってきたため、文蔵は周囲の木の枝を何度も引き寄せながらよじ登っていった。

登りはじめて一時間後、文蔵が額の汗を拭《ふ》いて何気なく左の谷側を振り向いた時である。彼の眼に、谷の向こう側に人が倒れている姿が飛び込んだ。

『んっ、何じゃあんなとこに、もしや……』

文蔵の脳裏には、またしても日本兵ではないかという悪い予感が浮んでいた。すぐに河田一等兵を降ろして、その谷へと急いで向かった。

思った通り、そこに倒れていたのは一人の日本軍兵士であった。大小の石の上に仰向けに大の字で倒れていた。死後二、三日が経過していたのであろうか、腐敗ガスのために彼のボロボロになった衣服の下腹部が大きく膨《ふく》らんでいた。眼の周りにウジ虫や銀バエが黒々とまつわりついていた。死臭が周囲に漂《ただよ》い、兵士は無残な姿をさらして横たわっていた。その横には、彼のものだと思われる小銃と水筒以外に背嚢《はいのう》などの持ち物は見当たらなかった。少しでも身軽になろうとしてここへ来るまでに捨ててしまったと思われる。小銃は、彼にとって武器としての役割というよりも、生きて還るための命の「杖」として握ってきたものと考えられた。

文蔵は、さらに谷の上部を注視した。やはり何人かの倒れた兵士の姿が眼に入った。眼の前の兵士に対して合掌した後、ゆっくりとその谷へと登っていった。足取りは重かった。心の中に、言いようのないむなしさがつのってきたゆえの重みであった。そして、彼らを救助することのできない自分へのどうしようもないもどかしさもあった。

『みんな、きっと死んどるじゃろなあ』

文蔵は、辛い思いを持ちながらも、次に倒れている兵士に近付いていった。

二人目の兵士は、髭《ひげ》が伸び放題になっているが若い兵士であったように思えた。思えたのは、彼の眼は鳥か獣《けもの》に食べられたのか大きくえぐられていたからである。同じように、眼、鼻、耳そして口の周りにはうじ虫が黒々と群がっていた。亡くなってから、数日が経過しているのであろう。彼の衣服に血痕《けっこん》はなかったが、上着の袖口はボロボロに擦《す》り切れており、袖口から見える腕は骨のみで肉が削《そ》げ落ちていた。足の脚絆《きゃはん》はすでになく、ズボンの裾《すそ》も擦り切れていた。細い足にはすり減った軍靴が履《は》かれてはいたが、その先端は大きく穴があいていた。片方の足に履いていた靴底はなくなっており、骨だけの足が露出していた。その姿は、彼がここにたどり着くまでの苦難というものを、文蔵に充分なほど見せつけていた。

そして、兵士は自分の命が尽きることを感じ取ったのであろうか、大きな石を背にして日本の方角である東方に身体を向け、足を大きく投げ出して顔をしっかりと上空に向けて座りこんでいた。

彼の最期のその姿勢を見つめて、文蔵には、この兵士は自らの最期だとの思いを持って、日本に残してきた家族の幸せを祈りながら別れを告げたのではないかと思わせるものが感じられた。さらに、無念の思いで死んでも、なおその姿の中には生まれ故郷への望郷の思いを届かせようとする執念が感じられた。それゆえに、文蔵はこの兵士に対しても、また何一つとして手を貸してやれないことに胸が痛んだ。

文蔵は、これ以上の探索を続けていくことは、上空からの見通しがよい谷筋が敵機の攻撃目標になる確立が高い危険性を伴うと判断した。二人の部下を連れて一刻も早く山頂へ向かわなくてはならなかった。それゆえに、この谷の上部に倒れている兵士たちには申し訳ない気持ちがあったが、再び進路を山中に取って進むことにした。心の中に、仲間を見捨てて行くという辛い選択があった。

元の場所にもどり、文蔵は二人に現場の状況を簡潔に伝えてすぐに山中への進路をとった。彼らは何度かの小休止をとりながら、七時間ほどを費やして山中を登り詰め、何とか山稜の平坦部らしき地点の端に到達することができた。谷沿いを外れていたために思わぬ時間をかけることとなった。最後の急登を登り切った時は、さすがの文蔵も疲労のためにその場にまたしても座り込んでいた。そして、河田一等兵を背中からゆっくりと抱き降ろして木にもたれかけさせた後、その場に仰向けに倒れ込んでしまった。その動作が繰り返されることに、彼にはもどかしさがあった。

文蔵は、確実に体力の衰えを実感していた。自分のその衰えが辛かった。しかし、河田一等兵の心情を考える時、彼は分隊長としても疲労した弱い面を部下に見せてはならないという思いで、その場からすぐに立ち上がった。自分が気丈夫《きじょうぶ》にしていなければ河田一等兵と中井一等兵に「生きて還るんじゃ」という気概《きがい》を与えられないと考えていた。

それから、彼は、おもむろにあぐらをかいて軍用地図をカバンから取り出して広げた。そして、地図の上に磁石を置いて現在地を確認していった。

そこで判明したのは、この位置から東側に高い山稜は確認できないゆえに、眼の前の平坦部を抜けた後、谷沿いに降りていけばチンドウィン河西岸に位置するシッタン村に到達する最短コースであるということであった。したがって、恐らく多くの日本軍将兵たちは、文蔵たちより北側の谷沿いを登って来てから、平坦部の山地を通過した後、そこからシッタン村へとさらに谷沿いに降りていったはずだと考えた。自分たちも、この平坦な山中を進んでシッタン村へ行くことが疲労なく最短でチンドウィン河へ到達することができることは明らかであった。

しかし、文蔵は、当初より三〇五六高地の陣地に眠る鈴木上等兵と林田一等兵に最後の別れを告げてからチンドウィン河へ降下して行くことを以前から決断していた。だが正直なところ、文蔵はこの地へようやく到達したものの、そうすることが現在の三人にとって最良の方策であることなのかという疑問を持ち始めていた。

そのためには、この地点から三〇五六高地の山頂部まで標高差にしておよそ四、五〇〇メートルを再び登っていかねばならない。しかし文蔵は、河田一等兵を背負って登るには一日では無理だと判断した。往復するだけの余力が自分と中井一等兵に残っているのかという懸念があった。すでに、中井一等兵にはその体力は残っていなかった。彼の表情は青ざめ、足元のふらつきが左右に大きくなっていた。それは、彼の体力と精神力の限界を表していた。

文蔵は無念ではあったが、生き残った二人の部下に、自分たちの体力を考慮して三〇五六高地へ行くことを断念することを伝えた。

「えっ、分隊長殿、いいのでありますか」

文蔵の予期せぬ言葉に、中井一等兵が叫んだ。

「よいんじゃ、もうよいんじゃ。おまえたちはここまでよう頑張った。もう充分じゃ」

「分隊長殿、……」

二人は、分隊長としての文蔵が、どうしても三〇五六高地へ行かねばならないという理由を知っていただけに、その決断を聞いたことが辛く悲しかった。

「もう、よいんじゃ。よいんじゃ。鈴木も林田もわかってくれとるじゃろう。……うん、分隊長殿もういいんですゆうてのう。あいつら、あの山のてっぺんから今のこのわしらの姿を見て許してくれとるじゃろうで。無理せんといてくださいゆうてのう。そじゃから、もうここまでにして、わしらはシッタンへ降りていこう」

文蔵は、二人にきっぱりと自分の思いを言い放ち、頂上に向かって手を合わせた。河田一等兵と中井一等兵は合掌しながら嗚咽《おえつ》していた。文蔵も、必死で涙をこらえた。

『すまん。もうこの体力ではおまえたちのとこへは行かれん。どうか勘弁してくれい』

文蔵は、眼を閉じて二人の戦死した部下に謝っていた。

『無念じゃ』

彼は、なんとしてでも戦死した彼らの眠る地へたどり着きたかったが、その思いを断ち切った。

だが、彼らは知らなかった。三〇五六高地における文蔵たちとの戦闘後、英印軍は無線交信が立たれた陣地に不審さを感じて、急遽《きゅうきょ》一小隊を派遣《はけん》し、河田一等兵が応急処置を施《ほどこ》したグルカ兵を救出していたことを。そして、爆破によって破壊されたコンクリートの黒ずんだ壁には、石で書かれたと思われるメッセージが無造作に残されていた。

We remember Japanese rescue act.
（我々は日本兵の救助行為を忘れない）

文蔵たちは、三〇五六高地を見上げるその場所で、村長たちからもらった食料で軽い食事を摂って体力を回復しようとしていた。ところが、文蔵は先ほどから中井一等兵の食事が進まないことが気になっていた。彼の眼は弱々しく、うつろな表情を見せてうつむいていた。

「中井、どうした。しっかり食べんと身体がもたんど」

「はい、分隊長殿。私は大丈夫であります」

「そうか、無理するなよ」

「はっ、何でもありません」

中井一等兵は、気丈夫に答えたものの彼の額には汗が滲《にじ》んでいた。文蔵は、それでも心配であったので彼の額に手をやった。高い熱があった。

「中井、ひどい熱じゃないか、すぐ横になれ。……河田、おまえの出番じゃ。中井がおかしい。すぐに看《み》てやってくれ」

文蔵は、河田一等兵に急いで救急袋を手渡した。

「はっ、分隊長殿」

事態の急変に驚きながらも、河田一等兵は衛生兵としての役割に姿勢を正した。彼は文蔵に抱き抱えられて中井一等兵の側に行った。

中井一等兵は、額に汗を浮かべてハアハアと苦しそうに息をしていた。河田一等兵は彼の額に手を当て、次に眼と口の中を看たあとで体温計を取り出して熱を測っていった。四十度以上の高熱であった。マラリアに罹《かか》った恐れがあるが、連日の雨の中での行軍と就寝によって風邪をひいたとも考えられる。中井一等兵が下痢をもよおしているようではなかったので、河田一等兵は風邪の確立が高いことを文蔵に報告した。

文蔵は、河田一等兵が、衛生兵としての任務を久しぶりに行ったことで、何よりも一人の兵士としての役割を果たすことができたことが嬉しかった。これまで、自分や中井一等兵に言いようのない迷惑をかけていたという心の負担が大きかったであろうだけに、その負担を少しは緩和できたのではないかとも思った。文蔵は、中井一等兵がマラリアでなかったことにひとまず安堵《あんど》したものの、これ以上の撤退は困難だと判断してそこで露営することを決めた。

文蔵は、中井一等兵に河田一等兵の装備品を持たせて来たことをまたしても後悔していた。河田一等兵の回復を信じていたがゆえに、中井一等兵に負担をかけさせたことを詫びたかった。

『やっぱり、無理させてしもたのう。中井、すまなんだ』

文蔵は、この時、河田一等兵の装備品は、小銃と衛生用袋以外すべて棄《す》てさせることを決断していた。そうしなければ、中井一等兵は倒れてしまうことを危惧した。

それを決めた直後、文蔵はその場に二人分の「野戦病院」を設営するために、いつものように周辺の森から細い木を切り出していた。しばらく戦闘の場面に出くわしていなかったので、軍刀は殺傷用というよりも斧《おの》の役割を果たしていた。かなり歯こぼれになっているなと思った。軍刀は、分隊長となった時、故郷の家族が祖母の形見の日本刀を軍刀に仕立直して送ってきた大切なものであった。しかし、彼は『軍刀はもう要らん』との思いが強かった。彼は伐採した木を使って、即製の「野戦病院」作りに取り掛かった。


その日の夜食は早めに摂《と》ることにした。文蔵は、二人の健康回復のためにと、村人からもらった貴重な卵と野菜を手で切り刻《きざ》み、森の中から集めてきた枝葉を燃やして、飯盒《はんごう》で二人のために「おかゆ」を作ってやった。塩がなく薄味の「おかゆ」ではあったが、二人は、共に「分隊長殿、おいしいです」といって食べてくれた。それを聞いた文蔵の顔に久し振りの笑顔があった。

食事の後、彼は二人を「野戦病院」に残して、水筒を抱えて谷のある北側へと向かった。中井一等兵の熱さましの水と飲料水が足らなくなっていたのである。

『確か、この北側にシッタンへと抜ける谷筋があるはずじゃ』

そう考えながら、しばらく木立の中を進んで行き、チンドウィン河へと続く谷筋へやってきた時である。文蔵の表情は、またしても暗くなっていった。午前中に見た日本兵が倒れている光景が、同じように木立の向こうの谷周辺に展開されているのが眼に入ったからである。

その場に近付いていくと、木影《こかげ》や岩陰《いわかげ》に多くの日本兵が倒れていた。すでに息絶えた日本兵が、うつ伏せになったり仰向けになったりした状態で無残な姿を谷沿いに晒《さら》していた。

中には、小銃を自分の胸に抱え、その銃口を口にくわえてうつ伏している兵士がいた。やはり、彼の眼や鼻にはうじ虫が群がり、銀蝿《ぎんばえ》が黒々と張り付いていた。足に軍靴を履《は》いていないところをみると、自らがその足で小銃の引き金を引いたことが判る。生への絶望が、彼自身を死へと追い込んだのであろうか、文蔵はそれを思うと哀れでならなかった。

彼らは撤退行軍の苦しさの中でも、同じように、まるで蟻《あり》の行列であるかのごとく東方《とうほう》のチンドウィン河へ向かって倒れ込んでいた。それは、遥か彼方の日本の方角に向かって続いていた。やがて彼らの肉体は、野ざらしのままビルマの大地の上で白骨化《はっこつか》していくであろう。それを思う文蔵は、国家の名と命令の下に、たった一通の召集令状によって徴兵された兵士の哀れさと無念さが一層胸に迫った。

「誰か声を出せっ、誰か……」

文蔵は、何度も叫びながら、まだ生きている兵士がいないかと谷筋を中心に探していった。しかし、彼の呼びかけに反応する兵士は誰一人としていなかった。歩ける者は、先を急いで降りて行ったものと思われた。

『残念じゃが、仕方がないか』

彼は、生存者がいないことを確認して谷の水を二つの水筒一杯に汲《く》んだ後、再び二人の部下が待つ場所へと引き返えそうとした。その時であった。彼の耳は、かすかな人のうめき声をとらえていた。彼は、すぐさま声が聞こえてきた方向を見渡した。しかし、動くものは何一つ見えなかった。

『風の音か』

文蔵は、再度、谷の周辺部から木立の中に視線を移して見渡していった。すると、またしても左の木立の中からかすかなうめき声が聞こえてきた。彼がそちらの方向へゆっくりと登って行くと、太い木の根元で若い兵士がうめいていることに気が付いた。文蔵は、その兵士の側に駆け寄っていった。

「おい、しっかりせい」

「……」

兵士に返答はなかった。

「おい、何かゆうてみい」

文蔵は、彼の耳元にそっと口を近づけて言った。

「水……水を……」

その時、若い兵士が弱々しい声で水を求めた。

「水か、よしわかった。ここにあるで待っとれよ」

文蔵は、その兵士を右腕に抱きかかえてから、先ほど汲《く》んできた水筒の水を少しずつ彼の口元に注《そそ》いでやった。兵士は、水をほんの僅《わず》かばかり口に含むとうっすらと眼をあけた。

「あり……がとう……ござい……ます」

兵士は息を継ぎ継ぎ懸命に、消え入るような声で文蔵の方をじっと見つめて言った。

文蔵は、その顔を見つめていると、その兵士の顔がなぜだか弟の平蔵に面影が似ていると思われてきた。彼は一瞬、弟の平蔵を抱いている錯覚に陥《おちい》っていた。

「ええんじゃ、ええんじゃ。もっと、飲むか」

文蔵は、赤ん坊をさとすかのように言ってやった。

「ありが……」

しかし、文蔵がもう一度水筒を若い兵士の口もとへ近づけた時、彼はそこまで言って眼をゆっくりと閉じていった。そして、頭をだらりと下げて文蔵の胸の中に埋《うず》めるようにして静かに息をひきとった。

「よう頑張った、よう頑張ったのう……」

文蔵は、おもわず若い兵士の身体を抱きしめていた。抱きしめてやらねばならないほど切ない自然の感情がわきあがっていた。骨と皮だけに痩《や》せ細っても、なお若き兵士は、故郷の家族が待つ日本をめざして必死の思いでここまでたどり着いたのである。文蔵は、その頑張りを讃《たた》えてやりたかった。彼は激しい戦闘の後、衰弱していく身体でアラカン山系の峰々を越え、やっとの思いでチンドウィン河をあと少しで見えるこの地点までたどり着きながらもついに息絶えたのであった。

文蔵は、一等兵であることを示す汚れた彼の襟章《えりしょう》を見た時、その若い兵士が無性に哀れで胸が張り裂けんばかりであった。その哀れさから、彼はさらに強く抱きしめてやった。抱きしめたその体は、本当に切なくなるほど痩《や》せこけて骨ばかりの状態であった。文蔵の抱きしめる力で壊《こわ》れそうに思えるほどであった。彼を抱きしめていた時、文蔵にはどうにも形容できない悔しさが湧《わ》き上がっていた。

『なんじゃいこれは、一体なんじゃ。……わしらは何をしにこんな遠くまできたんじゃ。……なんで、この若い兵士がこんな惨《みじ》めな死に方をせにゃならんのじゃ。……この戦いは、一体なんじゃったんじゃ。……何ちゅう阿呆な作戦をしよったんじゃ』

文蔵は、骨と皮だけのミイラのような身体になってしまった二十歳過ぎの若い兵士を抱きしめながら、心の底からこのような無謀な作戦を計画し許可を与えた人間たちに対する激しい怒りに胸が熱くなった。その怒りは、例え自分が職業軍人でなくても、下士官として決して抱いてはならない思いであり感情であった。しかし、ここにたどり着くまで、文蔵が見てきた多くの日本兵の無残な死を思う時、彼の胸の内にはそうした怒りが自然と湧《わ》き上がっていたのであった。

文蔵は、彼の痩せた身体を丁寧《ていねい》にそっと抱き上げ、稜線部にあった大きな木の根元にゆっくりと横たえてやった。そこからは、遥《はる》かかなたに日本が望めるだろうと思ったからである。彼を横たえた後、その頭には枕《まくら》代わりの枯れ木をたくさん敷いてやった。さらに、彼が必死で目指していたであろう故郷の日本が見えるようにと、東の方角に身体を向けてやった。それから文蔵は、その周辺から枯れ木や枯れ枝を集めてきて、その若い兵士の身体全体を優しく包み隠してやった。次に、谷筋から何度も往復を繰り返して石を拾い集めてきてその上にそっと置いていった。最後に、兵士が離さず大切に持ち続けていた小銃を、逆《さか》さにして立ててやった。

それは、文蔵が弟の平蔵に似た若い兵士にしてやれる一つの「墓標《ぼひょう》」の完成であった。文蔵は、少なくとも彼が獣《けもの》たちから無残に食いちぎられるということからは避けてやりたかった。それが、どれほどの効果を表すかはわからなかったが、これ以上、彼のやせ細った身体を無残な状態に晒《さら》したくはなかった。今、彼にしてやれるのはそれしかなかったと考えたのである。

一連の作業を終えると、文蔵は静かに「墓標」に合掌してその場を離れた。離れる時、その若き兵士の「墓標」の側にあった小石を一つ拾い上げ、無造作にそっとポケットにしまい込んだ。それは、ビルマの大地特有の赤茶色をした小石であった。文蔵にとって、その小石には、インパール戦で傷つき倒れていった無数の日本軍将兵の血と涙が沁《し》み込んでいると思われたのである。


翌朝の八月一日、やはり中井一等兵の病状は回復しなかった。結局、文蔵は、その場所で中井一等兵がその健康を回復するまで待つことを決めざるを得なかった。二人の体力の回復を待たねば、目指すシッタンの村へと山中を踏破することはできなかったからである。

『ここまで来たんじゃ。焦っても仕方がない』

文蔵は、自分の体力も回復しなければ、最後の力を振絞《ふりしぼ》って河田一等兵をシッタン村へ連れて行くことはできないと腹をくくった。そして、ひたすら敵の歩兵部隊が追撃してこないことを願った。その後、何度となくイギリス軍機が編隊を組み上空を飛来していった。

五日後の八月六日、三〇五六高地を見上げると、山の上には青空が広がっていた。ようやくにして中井一等兵がなんとか歩けるだけの体力を回復させていた。ただ万全ではなかったが、敵の追撃を考慮した時、何時までも留《とど》まっているわけにはいかなかった。

「中井、よう聞け。今から出発するが、おまえは自分の装備品と河田の小銃、衛生用袋だけを持っていけばよい。それ以外はすべてここに置いていけ」

「分隊長殿、自分は大丈夫であります。河田先輩の装備品も持たせてください」

文蔵の思いもよらない命令に、中井一等兵は驚きの表情を浮かべて必死に懇願した。

「だめじゃ、それは許さん。おまえは、ここまでよう頑張ってくれた。わしは感謝しとるんじゃ。けどな、もうよいんじゃ……うん、もうよい。おまえは充分な働きをしてくれた。ほんまに、わしは中井の力に感謝しとるんじゃ」

「分隊長殿……」

文蔵は中井の申し出は嬉しかったが、彼が倒れた時は三人の死を意味することに繋がると判断して、中井一等兵の肩をそっと叩いて感謝の気持ちを表していた。しかし、軍人として、河田一等兵には自分の小銃だけは持たせてやらねばと考えていた。

「河田、いいじゃろう。中井を許してやってくれ。中井の働きは充分じゃった」

「はい、分隊長殿。……中井、長い間ありがとう。すまなんだのう感謝しとるど」

「河田先輩……」

文蔵と、河田一等兵の言葉に促《うなが》されて、中井一等兵はようやくそれを承諾した。

「よしっ、それじゃ出発じゃ」

「はっ」

中井一等兵の元気な声に安堵しながら、文蔵は河田一等兵を再び「背負子」に背負って出発した。

号令後、彼はもう一度三〇五六高地の方をゆっくりと振り返り、二度と来ることができない思いをもって、そこに眠る戦死した鈴木上等兵と林田一等兵の二人に手を合わせた。そして、頂上の峰に向けて別れの敬礼をした。

『さらばじゃ、鈴木、林田』

文蔵は、頂上に向けて大きく手を振った。

出発後、文蔵は多くの日本兵が無残な状態で倒れている谷筋をわざと通らず、その南側の山中を降りて行った。しかしその密林の山中は、垂れ下がる弦《つる》や低木の藪《やぶ》をかき分けながら進まねばならない困難を伴った。その道を選択したのは、二人の部下に先日の兵士の無残な姿を見せたくなかったからである。恐らくその谷筋には、シッタン村まで累々《るいるい》とした日本兵の死骸が列をなしていることは予想がついていた。

選択した山中の下りはかなり急な傾斜となっており、文蔵の右手に握った小銃に力がこもった。河田一等兵を背負いながらの行軍も長くなり、すでに彼の小銃の床尾板《しょうびばん》は取れて外れ、床尾は磨《す》り減って丸くなっていた。中井一等兵は荷物も軽くなり、下りということもあってか文蔵の踏み後をたどりながらも懸命に付いてきた。

「中井、しんどかったら、しんどいと正直にゆうんじゃど」

「分隊長殿、大丈夫であります。私は山で育って、山で生きてきました。これしきのことどうってことありません」

「そうか、やっとおまえらしい言葉を聴いてわしも安心した。ただし、無理はすんなよ」

「はい、わかりました分隊長殿」

文蔵は、中井一等兵が虚勢を張って、山男の意地をみせていることに笑みを浮かべていた。

二人の会話を文蔵の背中で聞きながら、河田一等兵もまた、必ずシッタン村へ、そして日本へ生還できるであろうと勇気づけられていた。それから四時間ほど下っていった時である。河田一等兵は、文蔵の肩越しに前方が明るく開けた空間を確認していた。その近くまでやって来ると、そこは大きな岩場《いわば》であることに気がついた。

文蔵が、岩場に取り付きながら「よっこらしょっ」と気合を入れてその頂上部に上った。その時であった、あれほど衰弱していた河田一等兵が、腹の底から声を搾《しぼ》り出すようにして大きく叫んだ。

「分隊長殿ーっ、チンドウィン河が見えます。チンドウィンが……」

「おう、来たか。チンドウィン河が見えたか」

文蔵は、河田一等兵の声に思わず反応して頭を上げた。

二人の眼の前に、ジビュー山系の峰々を背景にして大きく立ち上がる入道雲が湧《わ》き上がっていた。それは、まるで三人の日本兵に早くこいとばかりに手招きしているかのようであった。

そして、その入道雲の下の平原には、細い一本の筋が太陽の光を受けて輝いているのが見えた。

チンドウィン河の河筋であった。さらに、その手前にシッタンらしき小さな集落が見えた。

「中井、はよう来てみい。チンドウィン河が見えたど、はよ来い」

文蔵は、岩の上で両足を踏ん張りながら、後ろを振り返って叫んでいた。

中井一等兵は、その声に励まされるようにして駆けおり、その弱りきった身体を懸命に振り絞って岩場に飛び上がって来た。

「ほんまじゃ、ほんまじゃ。分隊長殿、チンドウィン河が見えます。見えます」

まるで地獄で天国への道筋を見たかのように、中井一等兵は文蔵の顔を覗《のぞ》き込みながら叫んだ。チンドウィン河を指差すその声は、震《ふる》えてうわずっていた。そして、その息は激しく荒かった。

「やっと来たか……。確かにチンドウィン河じゃ……」

文蔵は、一条のチンドウィン河の細い流れを見つめながら、『長かったわい』と胸の内で静かに呟《つぶや》いていた。生き残った二人の若き部下を、日本へ生還させる希望がこの時初めて見えた。

そして文蔵の脳裏には、半年前の三〇五六高地へ出発する際、村長一家がおいしいカレーをふるまってくれ、生きて村に還《かえ》ったなら、小舟を出してチンドウィン河を渡してやると言ってくれたことが想い出されていた。万感、胸にせまるものがあった。そのシッタン村が、彼の眼下のはるか彼方に小さく見えていたのだ。

三人は、岩場の上で仁王立《におうだ》ちとなって、『かならず生きて還るんじゃ』との思いを強めた。彼らは、まるで時間が止まったかのように、無言のままじっと入道雲が湧き上がる東の空を仰ぎ見ていた。

十五　帰還

文蔵は、昭和二十一年六月十一日、神奈川県浦賀《うらが》の地に上陸し、インパール戦の命令を受けてマンダレーより進軍以来、約二年半を経てようやく日本に帰還することができた。昭和十四年一月に伏見《ふしみ》第六〇聯隊の門をくぐってからは、すでに七年半の長い年月が経過していた。

彼は、アラカン山系における激しい戦闘の後、カボウ谷地そしてミンタミ山地における敗走を経てチンドウィン河を渡河し、ようやく聯隊集結地の一つパウンビンにて、河田一等兵と中井一等兵を重症の傷病兵として聯隊の野戦病院へ無事に入院させることができた。それは、二人の除隊と日本帰還を意味していた。

しかし、文蔵はその後も一軍曹《ぐんそう》としての任務を遂行し、昭和二十年二月からのイラワジ会戦では顔面に銃弾を受ける重傷を負ったが、八月十五日の停戦下命に至る最後まで戦い続けていた。最後の最後まで、帝国軍人として闘いぬいた。佐藤文蔵とはそのような男であった。

その後、彼は捕虜《ほりょ》としてタイ国南部に設置されていた連合国軍のバンボン収容所に収容される。彼は、そこでインパール戦における分隊長としての責任を訊問《じんもん》された。特に三〇五六高地での戦闘攻撃について、その責任を戦犯として追及されることとなった。しかし幸いにも、イギリス軍第二〇師団に所属する某中隊長によるトーチカ陣地に残された「メッセージ」証言の存在によって、彼はBC級戦犯B項「通例の戦争犯罪」としての訴追をあやうく免れていた。その後、同国において四月下旬まで建設作業等の労務に従事させられていた。

文蔵がようやくにして故郷に帰還できたのは、六月下旬の梅雨の季節であった。夢にまで見たなつかしい実家の庭には、紫陽花《あじさい》が紫色の大輪の花を咲かせていた。玄関先にて、母松枝、兄哲蔵そして祖母琴が涙を流して迎えてくれた。

母松枝は、無言で文蔵の見ちがえるほどに痩せ細った身体を強く強く抱きしめた。彼は、母のその抱擁によって、はじめて戦地から「生きて還った」ことが実感できた。

だが残念なことに、弟の平蔵は、第十六師団傘下第二〇聯隊の一員として戦争末期に中国戦線よりフィリピンのレイテ島に派遣され、昭和十九年十月の米軍との激しい攻防戦にて二十三歳の命を落としていた。

さらに、孫である文蔵の帰りを今か今かと楽しみに待っていた祖父縫蔵も、彼が帰還するその半年前に亡くなっていた。文蔵は、仏壇の前で二人の遺影に向かってとめどなく涙していた。

その後、文蔵は故郷の実家にて心と身体に受けた戦争の傷を癒《いや》す間もなく、戦死した部下の家を一軒一軒訪れていた。そして、その家族に彼ら一人ひとりの最期の様子を伝え、分隊長としてその生命を護れなかったことを詫《わ》びてまわった。文蔵は心より戦死した部下たちの冥福を墓前にて祈った。辛い行脚《あんぎゃ》であった。

遺族の中には、分隊長である文蔵が無事に生還しながら、部下である我が息子がなぜ戦死してしまったのかと詰《つ》め寄る親もいた。

「申し訳ありません」

そんな時、文蔵は深々と頭を畳につけて謝るしかほかに術《すべ》がなかった。どのように詫《わ》びても、戦死した部下をよみがえらせることのできないもどかしさに、文蔵は胸が痛んだ。

同様に、林田一等兵への実家訪問も辛いものとなった。残された年老いた祖父と母親を前にして、文蔵は深く詫びていた。ただ、傷病兵として先に除隊帰還していた中井一等兵から、分隊長としての文蔵が何かと林田一等兵を大切にしていたことを聞かされていたのか、二人から文蔵への恨みごとは一切なかった。それだけではなく、母親は優しく文蔵に語りかけた。

「佐藤さん、ありがとうやで。私はなあ、息子があんたの部下でよかったとおもとる。……一人息子を失《うしの》うた悲しみちゅうもんは、そんな簡単に消えるもんじゃあない。……けどなあ分隊長さん、母親である私は、あの子はあんたのもとで精一杯お国のために働いたと思うようにしとるんじゃ。……そじゃから、どうぞその頭をあげてくださいな」

林田一等兵の母親は、胸の中の辛さを耐え忍びながら、そう言って文蔵の腕をそっと握りしめた。彼は、その言葉に感謝するばかりであった。そして、林田一等兵の遺影にもう一度深々と頭を下げて彼の家をいとました。林田一等兵の母親と祖父は、自宅の玄関先に立ち、文蔵の姿が見えなくなるまでずっと見送っていた。


林田一等兵の自宅を出てから、文蔵は、次に中井一等兵の実家がある山里へと歩いて向かった。林田一等兵の家からは、山道をおよそ一時間ばかりを要した。登っていくにつれて砂利道《じゃりみち》の右手が深い峡谷となっていき、川のせせらぎ音がしだいに大きく響いてきた。やがてその峡谷を抜けると、小さな山里の空間にいくつもの棚田が広がっていた。その田畑では、すでに田植えの準備が始まっていた。何人かの村人が、黒牛に鋤を引かせてせわしく田起こしをしていた。

文蔵は、ゆっくりと小道を歩きながら眼をこらした。そして、忙しく田植え準備をする村人の中に、小柄な中井一等兵が、黒牛に鞭《むち》を入れながら作業している姿を見つけることができた。文蔵は、彼が無事に帰還して一生懸命に働いているその姿を見た瞬間、『ああ、よかった』と言葉にできない嬉しさがこみ上げてきた。

『あいつと一緒に、諦めずに頑張ってきてほんまによかった。うん、ほんまによかった』

彼は眼の前に展開する野山の農村風景をじっと見つめながら、心から中井一等兵に感謝していた。

「中井ーっ」

「……」

突然に自分の名前を呼ばれた中井一等兵は、その声のした方を振り返り、黒べぇの手綱を引いていた作業の手をすぐに停めた。そして、その声が誰であるかも瞬時に気が付いた。

「分隊長殿ーっ」

彼は大きく叫ぶと同時に、黒べぇの手綱を放り投げ、田んぼから飛び出して文蔵の立っている道に向かって一目散にあぜ道を駆け降りてきた。

「分隊長殿、分隊長殿でありますか。ご無事でありましたか……」

中井一等兵は、文蔵に近付くやいなや、土で汚れたその手で文蔵の手を強く握りしめていた。

「分隊長殿……」

彼は、絶句してあとは声にならなかった。眼に一杯涙を浮かべ、文蔵の手を強く握って離さなかった。

「ああ、何とか生きて還れたわい。これは、分隊の約束の一つじゃからのう。おまえも、無事でよかった。ほんまによかったのう」

「分隊長殿、これも分隊長殿のおかげであります。……分隊長殿のお力がなければ、私は生きて還ることはできませんでした。お約束どおり、中井一等兵はこうして百姓を続けることができております。……分隊長殿、本当にありがとうございました」

彼は、大粒の涙を流しながら、文蔵の手の上に頭をつけて泣きじゃくった。

「そんなことはないど。中井には、わしはほんまによう助けてもろたんじゃ。礼を言うのはわしのほうじゃ。そのお礼がしとおて、ほんで中井の顔を見とおなって今日は会いに来たんじゃ」

「とんでもありません。私は、ほんまに分隊長殿がいなければ生きて還れませんでした」

文蔵は、中井一等兵の飾らぬ感謝の言葉を聴いた時、はるばるとここまで会いに来てよかったと思った。

「分隊長殿、せっかくここまで来て頂いたのですから、ぜひ我が家へ来てください。何もありませんが、両親に会ってもらい、お礼がしたいのであります」

彼はそう言うと、文蔵の手をとって自宅へ誘おうとした。

「ありがとうよ中井。わしもそうしたいんじゃが、……実はな、今日中にもう一軒行かんならん所があるんじゃ。すまんが、今度あらためてくるんでその時にゆっくりご両親にお会いする。ほんで、約束しとった黒べえにもあえたことじゃし嬉しかったど。じゃから今日はこれで勘弁してくれ」

「分隊長殿、せっかく、こんな山奥まで来て頂いたのに……」

彼は、いかにも残念な表情で答えた。

「中井よありがとう。実はな……もう一軒ちゅうのんはな、河田のとこなんじゃ」

「……」

中井一等兵の手を握り返しながら、文蔵がおもむろに告げた言葉に、彼の顔が一瞬曇った。

「分隊長殿、実は……」

「中井、ゆわんでもよいど。……知っとるんじゃ。わしの兄から聞いとる。残念じゃったのう」

「分隊長殿、わしも連れていってください」

「だめじゃ。おまえには黒べえとの仕事がまんだ残っとるじゃろうが。いいんじゃ、いいんじゃ。今日はわし一人で行って来る」

文蔵は、どうしても連れていって欲しいという中井一等兵の気持ちは本当に嬉しかったが、これだけは一人で行かなければならないのだと彼に言い聞かせた。彼もその意味が理解できたようであった。文蔵は、久しぶりの再会に、本当はもっとゆっくりと中井一等兵とは話がしたかった。だが、農作業の時期が一段落した時また来ると約束してその場を離れることにした。

「分隊長殿、本当に有難うございました。本当に……」

中井一等兵は、別れぎわ、再び眼に涙を一杯ためて文蔵の手を強く握った。

「また、すぐにくるど」

文蔵も、笑顔でその手を強くにぎり返してやった。中井一等兵は、山を下っていく文蔵のうしろ姿が見えなくなるまで、深い感謝を込めて直立不動の姿勢で見送った。


その日の最後に、河田一等兵の玄関前に立ったのは、太陽が西の空に沈みこむ前であった。すでに河田一等兵の父親である清一郎は、小学校の教員を辞して農業に専念していることを兄より聞いていた。それゆえに、『農作業で、留守かもしれんな』と思いつつ、文蔵は玄関先でしばらく立ち尽くしていた。それから、おもむろに玄関の戸を叩いた。奥から誰かが出てくる気配がした。玄関の戸が開き、そこには、懐かしい担任であった河田清一郎の姿があった。

「文蔵、文蔵じゃないか」

文蔵の姿を見た清一郎は、手を大きく広げ驚きの表情を見せてその場に立ち尽くした。

「はい、文蔵です。先生、長い間ご無沙汰しておりました」

「そうか、そうか。……文蔵か、やっぱし生きとったか、よかった、よかったのう」

そう言うやいなや、清一郎は文蔵の手をとって強く握りしめた。それから、せかすようにして彼を強引に家の中に引き入れた。そして、彼を仏壇のある部屋へと招いた。仏壇の前に新しい小さな祭壇が作られ、そこに軍服姿の河田一等兵の写真が飾られていた。文蔵はその写真を見た瞬間、無意識に祭壇の前に座り込んでいた。そして、河田一等兵の遺影写真を両手でしっかりと抱え込み胸に抱き寄せていた。

「河田……」

文蔵が河田一等兵の写真を抱きしめたその時である、彼は突如として涙が溢《あふ》れ出してくるのを止めることができなかった。それは、自分でも予期しなかった涙である。

『河田、わしじゃ、佐藤じゃど。分隊長の佐藤じゃ。なんでわしの還りを待ってくれなんだ……』

文蔵は、河田一等兵を背負って歩いた感触を思い出し、長い沈黙の中でじっと彼の写真を抱きしめていた。

「文蔵、ありがとう。よう息子の命を助けてくれたのう。息子の次郎のためによう尽くしてくれた。中井君が何度かうちへ来てくれて、おまえが……いや佐藤分隊長が必死の思いで、アラカンの峰々からチンドウィン河まで、次郎を背負って歩き通してくれたことを聞いとった。どれだけしんどかったじゃろうか。そのことを思うと、わしはどんだけ嬉しかったか。……ほんまにありがとうな文蔵。次郎もな、……次郎も何とかおまえが無事にもどって来るまでは何としても頑張りますとゆうとったんじゃけど、……残念ながら一ヵ月前、……おまえの帰りを待てずにとうとう逝《い》ってしもうた」

「……」

「文蔵よ。次郎は最後の最後まで、おまえに会いたい、会いたいとゆうとったど」

文蔵は、清一郎のその言葉を聞いた瞬間、またしても涙が溢れてきた。

「文蔵よ、おまえのおかげで、わしら親子はこの一年以上の間、幸せに暮らすことができた。それは、ほんまに幸せな時間じゃった。おまえには何とお礼をゆうたらいいのかわからん」

「……」

「そうじゃ、ちょと待ってくれ。おまえにぜひ渡してくれとゆうて、次郎から預かったもんがあるんじゃ」

清一郎はそう言うと、急いで部屋を出て行った。その間に、文蔵は河田一等兵の写真を元の位置に戻し、それからおもむろに線香をたむけて静かに合掌した。部屋にもどってきた清一郎は、文蔵の膝元に茶色に変色した軍隊手帳をそっと置いた。

「次郎から、もし自分が佐藤分隊長の帰りを待てずに死んだら、この軍隊手帳を分隊長殿に差し上げてくれと頼まれとったんじゃ。あいつの気持ちを汲《く》んでぜひ受け取ってやってくれ」

「……」

文蔵は、黙ってその軍隊手帳を手にして握りしめた。河田一等兵を「背負子《しょいこ》」で背負ってから、彼が夕食の後で何か真剣な眼差しで書き込んでいたその姿が思い浮かんだ。

「先生、こんな大切な形見となるものを頂いてもいいんですか」

「いいんじゃ、いいんじゃ。これはあいつのたっての望みじゃから受け取ってやってくれ。次郎もきっと喜ぶじゃろう」

文蔵は、手帳を両手にかざしながら河田一等兵の写真に向かって一礼した。

「文蔵よ、そこにはな、わしも読んだんじゃが、インパール戦の激しい戦闘状況や、それに対するあいつらしい自分の意見が書かれとった。それだけに、この戦いがどんなもんであったかはわしにもようわかるんじゃ。ほんまに、おまえたち兵隊は苦労したのう」

「いえ、……」

文蔵は、インパール戦での過酷な戦場場面を一瞬思い出していた。同時に、河田一等兵を背負いながら敗走していたことがつい先ほどのことのように眼に浮んできた。

「ああ、そおじゃろう、苦しかったじゃろう。それでな。その手帳の中に、……ちょっと貸してくれるか」

清一郎は、文蔵が手にしていた手帳を彼の手からそっと取りあげて、頁をまさぐりながらある箇所を探していった。

「そうじゃ、これこれ。文蔵、おまえはこれをどう思うかのう。わしは、次郎がそこまで考えとったんかと思うと、この戦争というもんの認識をあらためて考えさせられたんじゃ」

清一郎はそう言って、軍隊手帳の終わりのほうに書き込まれた箇所を示して再び文蔵の手に返した。その頁は、泥が付着していたのであろうか茶色のしみが付いていた。

「この手帳は、次郎の遺言となるもんじゃから、文蔵に保管してもらい、おまえの好きなようにつこうてくれたらよいんじゃけどな。……けど、ここだけは、今、世間に明らかにすることはちょっと問題があると思うとるんじゃ。そうじゃから、それだけは、守ってやってほしい。やがてその時期が来たら、文蔵の思うように活用してくれたらええ」

清一郎は、正座に座りなおしてそのことを文蔵に依頼した。

「今、読ませてもらってもかまいませんか」

文蔵は、部下であった河田一等兵が、死を前にしたあの極限状態の中で、何を伝えようとしていたのかという内容を、苦労を共にした分隊長としてぜひとも知りたいと思った。

「ああ、もうおまえの手帳じゃ。ぜひ読んでやってくれ、あいつは今度の戦いをそう考えとったんじゃ。おまえなら、次郎の、……息子の気持ちが一番にわかってくれるじゃろう」

文蔵は、清一郎の言葉を受けて、その頁にゆっくりと眼を落とした。そこには文字が滲《にじ》んではいるが、一つの意見が手紙の文体によって、河田一等兵らしい律儀さを示す小さな字で丁寧に記されていた。文蔵はその日付を見た時、それが書かれたのが『ああ、あの三〇五六高地へ行くことを諦めた頃のことか』と即座に理解できた。そして、河田一等兵が自らのインパール戦に対する真摯《しんし》な意見として軍隊手帳に託《たく》した思いを受け入れるべく、自らの胸に刻み込むようにゆっくりと噛《か》みしめながら黙読していった。

『うん、うん。そうじゃのう河田。おまえのゆう通りじゃ。わしも、おまえの意見にまったく賛成じゃど、ほんまにそうしてもらいたかったのう。おまえが無念じゃったと思う気持ちは、わしにも痛いほどわかるど、おう、わかるど』

文蔵は、河田一等兵が伝えたかったであろう、死を直前にして書き留めた戦争の悲惨さと平和への思いを静かに受け止め、何度も何度も頷いていた。そして、そのことを自分の胸に刻み込むようにして、何度も読み返していた。

拝啓
天皇陛下様

私は、今、陛下が御裁可《さいか》されたインパール作戦に参戦している一兵士です。私の命はやがて尽《つ》き果てるでしょう。私は、この戦いで余りにも多くの仲間たちを失いました。戦闘によって、そして敗走する中での飢餓《きが》と病魔によって。

陛下、日本から遠く離れたこの戦場に於《お》いて、前途ある若き兵士や妻子ある兵士たちが、愛する家族を思いつつ無惨《むざん》な最期《さいご》を遂《と》げていきました。それは、何よりも大切なかけがえのない生命《いのち》です。私は幸いにも分隊長殿に背負われて敗走中のため、かろうじてその生命を保っております。

陛下、誠に恐れ多いことと承知の上で一つお願いを申し上げます。この非礼、何卒《なにとぞ》お許し下さい。

陛下、大元帥閣下《だいげんすいかっか》として、どうかこの地へ直接足を御運び下さい。そして、陛下御自身の眼で、我々兵士たちの在《あ》るがままの戦いの姿と、その最期《さいご》の姿をしかと御覧頂きたいのです。

以上が、やがて尽きるであろう、私の最期の願いで御座います。

敬具

昭和十九年七月三十一日　緬甸國《ビルマこく》ミンタミ山中にて

陸軍第十五師団《しだん》　歩兵第六〇聯隊《れんたい》第一大隊第一中隊

陸軍一等兵　河田次郎

あとがき

私の故郷は、京都府北部に位置する酒呑童子《しゅてんどうじ》の鬼伝説がのこる大江山の麓にあります。わずか五十戸余りの周囲を山々によって包みこまれた小さな村です。そのような村から、先の戦争で多大な犠牲者を出したインパール作戦において、二人の若者が戦死されています。いずれも私の実家近くの若者たちです。

その一人である檜山源蔵《ひのきやまげんぞう》（仮名）さんの父親である龍市《たついち》（仮名）おじさんには、子どものころから何かとお世話になっていました。そのこともあり、一人住まいであった龍市さんが亡くなられた後、お盆前には檜山家の墓掃除を我家がお世話しておりました。ある年のことです。私は、前々から気になっていた一つの墓石《ぼせき》を洗い終えた際、その横に刻まれた文字を丁寧《ていねい》に読んでいました。墓石には「故《こ》陸軍兵長《へいちょう》檜山源蔵　昭和十九年七月十四日　於《にて》ビルマ戦死　龍市長男二十二歳」と刻印されていました。龍市おじさんの長男であった源蔵さんは、歩兵《ほへい》第六十聯隊《れんたい》の青年兵士の一人としてインパール戦にて戦死されていたのです。その時、インパール戦に関して、私の脳裏《のうり》に、さらにある人のことが強い印象をもって想い出されていました。

ある人とは、私の中学・高校時代の恩師である英語教諭の荒木盛道《あらきしげみち》先生（故人）です。先生と初めて出会ったのは、中学一年生の最初の英語の時間でした。初めて学ぶ英語の授業はどんなものなのかと不安と期待をもって着席していました。チャイムと同時に教室に入ってこられた先生は、予想もしない黒いサングラスをかけた背が高くがっちりとした体格の人でした。そして、その姿に驚く私たちにたいして、その驚きを見透かすかのように「戦争で両方の眼をやられてなあ、片方の目はまったく見えんのじゃよ」と太く大きな声で話してくれました。それから、ゆっくりと黒いサングラスを外して負傷された顔と眼を見せられたのです。その時、私は『ごっつい先生じゃ』と心の中でつぶやいていました。田舎《いなか》の中学一年生にとって、その事実はあまりにも衝撃《しょうげき》的でした。

先生は、第十五師団歩兵第六十七聯隊第一大隊の第四中隊長としてインパール戦を指揮し、敵の包囲網下、戦車砲の直撃弾《ちょくげきだん》（あるいは手榴弾《しゅりゅうだん》）の炸裂《さくれつ》破片により両眼失明の重傷を負われたのでした。幸いにして、部下の兵士に救出され「野戦《やせん》病院」にて応急処置を受け、右眼を失明されるが左眼はかろうじて失明の危機を免れたとのことでした。

そして、私は高校一年生の時に先生と再会します。中学時代と大きく変わった私の怠慢《たいまん》な学校生活をみかねてか、先生はそっと私を校務員室の小部屋に招き入れ、あの大きな体でどっかりとあぐらをかき「君はそんなことでいいのか」と優しく諭《さと》してくれました。それは、今思えば、中隊長として部下である多くの若者を失った悲しみと悔恨《かいこん》を強く持ち続けられていたがゆえに、無気力な高校生として生きていた私への叱咤激励《しったげきれい》となったのではないかと考えています。

檜山家の墓掃除をお世話していた当時、私は中学校の社会科教員でした。教員として、歴史の授業の中で戦争の事実を教えてはいましたが、いわゆる「戦争を知らない」世代の一人であり、実際の戦争については知らないことばかりでした。そこで、お二人がインパールに進撃そして退却をされた戦跡をたどることで、戦争の実態を一つでも理解することができるのではないかという途方もないことを考えるにいたったのです。そして翌年、夏休みを利用して、単身ビルマ（現在のミャンマー）へと約三週間の旅に出かけていきました。六十六リットルの大きな登山用ザックに、ジャングルでの生活にも耐えうるであろう生活必需品を背負っての旅でした。

出発は一九九五年の七月下旬、当時四十七歳の時でした。現地は世界的な「雨季」の季節に入っていました。そして、当時のビルマは長く軍事政権が続いており、民主化運動の指導者とされていたアウンサン・スーチー氏も軟禁《なんきん》されていたという政治状況（後に解放）でした。したがって、国内の移動は極めて制限されていたというのが実情です。しかし、私は少しでもインドのインパールへとお二人が向かわれた足跡をたどるために、危険を承知でチンドウィン河を越えてアラカン山地へと足を向けていきました。

インパール戦の第十五軍司令部が置かれていたメイミョウを起点に、マンダレーからイラワジ河を渡り、サガイン、シュエボーを経て第十五師団（祭・京都兵団）の集結地であるウントーへと向かいました。さらに、モニワから小型の古びた木造船で広大なチンドウィン河をさかのぼり、第六十聯隊が次に終結目標としたパウンビンへと向かいました。その間、ビルマの人々のおおらかで明るく親切な人柄に助けられながら旅を続けることができました。本当にありがたいことでした。そうして、多くの町や村を踏破《とうは》していく中で、日本兵の悲惨《ひさん》な状況を部分的ですが数多く知ることができました。特に印象に残っていることがあります。

その一つは、チンドウィン河中流域西岸のシッタン村でのことです。その村には、村人たちの善意によって、亡くなった日本兵を集団で埋葬した場所がいくつも点在していました。そこは、インパール戦を戦った日本兵たちが、飢餓と疫病に苦しみながらもインパールからアラカン山系の深い峰々そしてその他の谷や山峡を敗走し続け、ようやく到達したチンドウィン河西岸の一つの村だったのです。しかし、彼らの眼の前のチンドウィン河は、無情にも雨季のために増水し濁流《だくりゅう》となり対岸へ渡ることが困難でした。そのために、追撃してきた英印軍との戦闘で多くの日本兵が命を落とすことになりました。村人は、日本兵は痩《や》せ細り衣服は汚れきっていたと語ってくれました。前線のインパールからビルマ各地へと続く道は、後世《こうせい》「白骨街道《はっこつかいどう》」と呼称され、おびただしい数の日本兵の骨が散乱していたのです。私は埋葬地を前にして、そうした兵士たちの無念さを痛く感じ取ることができました。そして、日本から持参した線香を、そっと埋葬地の一つにたむけて合掌していました。

もう一つは、同じくチンドウィン河中域西岸

ウントーの日本軍兵士の慰霊碑

シッタン村に残る日本軍兵士の埋葬地

のカレワからカレミョウを経て、荒木盛道中隊長たち第六十七聯隊第一大隊が進撃していった南側からインパールへと向かった足跡をたどった時のことです。その時は、凄《すさ》まじいスコールに襲われ自然の驚異を感じ取りました。よくバケツをひっくりかえしたような雨と表現しますが、まさしくその通りでした。日本兵にとって、敵は英印軍のみならずインド・ビルマ国境付近の気候と自然との闘いでもあったのです。

ケネディピークからインパール方面を眺望する

そうした中、私は、第一大隊が実質的に「全滅」した終焉《しゅうえん》の地ともいわれているアラカン山系のケネディピークの頂上にようやく立つことができました。その地には、軍の基地が設営されていました。かつてそこは、数少ない生存者の一人であった某軍曹が、涙があふれる中で「会うことのない戦友への惜別の念が押さえども胸底から突き上げてくる」と戦後の回想記で述懐された場所です。

私は霧と雲におおわれたインパール方面の山並みを眺めながら、しばらくその場を離れることができませんでした。苦しい闘いのあと、食料も銃弾もなく、痩《や》せ細った体で必死にこの高地にたどりついた日本兵は何を考えていたのだろう、という強い思いがわきあがっていたからです。

私は同行していたビルマ兵に写真撮影の特別許可をとり、はるか彼方のインパール方面に連なるアラカン山系の峰々をカメラにおさめました。そして、この地を越えることもできずに無念の最期《さいご》をむかえた多くの将兵のために、持参していた水筒の水をゆっくりと大地に撒《ま》いて合掌していました。

こうして、私の、ビルマでの戦跡訪問と慰霊の旅は終了しました。

私は、ビルマ（ミャンマー）から帰国直後、この訪問体験を記録して発表したい気持ちがあったのですが、その内容から、私を援助してくれたビルマの人々を軍事政権の下で危険にさらしてしまう恐れもあり断念せざるを得ませんでした。この事実を発表できると思ったのは、アウンサン・スーチーさんたち国民民主連盟（ＮＬＤ）が政権についてからのことです。そして、『一九九五年・ビルマ紀行―京都兵団とインパール戦』という紀行文を自費出版したのは、二十年後の二〇一五年九月でした。ビルマ訪問時、毎日記録していた『日記』をもとにして書いたものです。

そして、二〇二〇年の今年は、アジア・太平洋戦争が日本の敗北によって終戦となってから七十五周年を迎えます。インパール戦が開始され撤退してからは七十六年の歳月が経過します。しかしながら現在の政治状況を見つめた時、日本国憲法の平和主義が危機に瀕している事実が顕著《けんちょ》に見受けられることは誠に残念なことです。特に二〇一五年の安保法制（安全保障関連法）の成立により、「集団的自衛権」の行使が容認されたことで新たな戦争の脅威が危惧されております。

そもそも、日本国憲法の平和主義は、第二次世界大戦（アジア・太平洋戦争）による日本あるいはアジアなど多くの諸国民の多大な犠牲の下に、二度と戦争を行ってはならないという尊い教訓によって制定されたものです。そこにおいて、日本人も約三百十万人の尊い生命が犠牲となりました。

それゆえに、憲法は第九条に戦争放棄を規定し、さらにその前文においては「政府の行為によって再び戦争の惨禍が起こることのないやうにすることを決意し」、武力によって国際紛争を解決するのではなく、「平和を愛する諸国民の公正と信義に信頼して、われらの安全と生存を保持しようと決意した」と宣言したのです。そのことは、国民の一人ひとりが「平和のうちに生存する権利を有することを確認」もしています。そして、私たち日本国民は、以上の「崇高な理想と目的」を達成することを憲法によって誓いました。

憲法は国家の権力を制限し、国民の自由と権利を保障するという立憲主義の基本原理に基づくものです。一人ひとりがこの憲法制定の精神を思い起こし、今一度このことを確認しなければと考えます。

この『分隊長殿、チンドウィン河が見えます』は、『一九九五年・ビルマ紀行』の続篇ともなるものです。そして、物語（フィクション）として描きはしましたが、その内容は私の少年期・青年期の実体験と私につながる多数の方々の発言と回想を基本としています。さらに、そこにビルマ訪問での体験で知りえた事実を組み合わせることで、インパール作戦とはいかなる戦いであったのかということを物語として再構成したものです。特にインパール戦における各戦闘の描写は、ほとんどが実際の戦闘に基づくもので、各聯隊史《れんたいし》や戦史叢書《そうしょ》を参考資料にして記述しています。

元兵士の方が本書をお読みになれば、「本当の戦争や戦場はそんなもんじゃないよ」と批判をされるかもしれません。しかし、私は何よりも絶対に戦争はしてはならないという一念をもって本書を書きあげました。戦争は、国家の名の下《もと》に、たった一通の召集令状《しょうしゅうれいじょう》によって、名もなき庶民兵士たちを家族と引き離して遠い異国の戦場へと送りました。その結果、彼らはその地で無念の最期《さいご》を遂《と》げていったことはまぎれもない歴史的事実です。まったく、理不尽なことです。

読者の皆様が、本書を通じて戦争の残酷さ悲惨さ、そして何よりも「生命の尊さ」を真摯《しんし》に受けとめられ、二度と戦争をしてはならないという、平和であることの大切さを強く持っていただければこのうえない私の喜びとなります。

最後になりますが、本著作の出版に際しまして、神戸女学院大学の石川康宏先生と日本機関紙出版センターの丸尾忠義氏から多大な御厚意と御尽力をいただきました。厚くお礼申し上げます。

二〇二〇年五月吉日

柳田文男

【本文中の写真の出典元】

10頁　皇居の乾門……関口正道氏提供

17頁　牟田口廉也中将……『ビルマ戦記』（後勝、光人社、1996年）

17頁　河辺正三中将……『ビルマ戦記』（後勝、光人社、1996年）

21頁　メイミョウの軍司令部……『戦史叢書　インパール作戦―ビルマの防衛』（防防衛庁防衛研修所戦史室、1968年）

23頁　メイミョウに残る旧日本軍関係施設……著者撮影

26頁　マンダレーの旧王宮……著者撮影

29頁　福知山歩兵第二〇聯隊の正門……陸軍郷土歩兵聯隊『写真集　わが聯隊』（ノーベル書房、1978年）

29頁　同聯隊の営庭での分列式……陸軍郷土歩兵聯隊『写真集　わが聯隊』（ノーベル書房、1978年）

37頁　浙贛作戦に向けて進撃する日本軍（上下とも）……『江南の雲　歩兵第六十聯隊の記録〈中支編〉』（六〇会、原書房、1971年）

42頁　営兵内の点呼……陸軍郷土歩兵聯隊『写真集　わが聯隊』（ノーベル書房、1978年）

42頁　歩兵教練から執銃教練へ……陸軍郷土歩兵聯隊『写真集　わが聯隊』（ノーベル書房、1978年）

46頁　イワラジ河とサガイン鉄橋……著者撮影

47頁　サガインヒルのパゴダ……著者撮影

48頁　サガインからシュエボーへの道路わきに植えられた大木……著者撮影

51頁　はるか向こうにジビュー山系が連なるウントーの農村風景……著者撮影

56頁　ウントーからジビュー山地へ向かう道……著者撮影
66頁　広大なチンドウィン河……著者撮影
68頁　シッタンの農作業風景……著者撮影
70頁　分隊の点呼・点検。密林戦に備えノコギリを持っている（右端）……『毎日グラフ・日本の戦歴』（毎日新聞社、1965年）
75頁　険しいジャングルを進む日本軍。アラカン山系を越える強行軍……ドキュメント太平洋戦争『責任なき戦場―ビルマ・インパール』（NHK取材班編、角川書店、1993年）
91頁　アラカン山中での日本軍将兵の攻撃……『写真図説　日本の侵略』（大月書店、1992年）
101頁　イギリス軍の砲爆撃で木々が焼き払われ丸坊主となった戦場……ドキュメント太平洋戦争『責任なき戦場―ビルマ・インパール』（NHK取材班編、角川書店、1993年）
123頁　パレル陣地を砲撃する日本軍……『ビルマ戦記』（後勝、光人社、1996年）
126頁　日本兵の死体（アラカン山中）……ドキュメント太平洋戦争『責任なき戦場―ビルマ・インパール』（NHK取材班編、角川書店、1993年）
131頁　うっそうとしたアラカン山系の密林……『戦史叢書　インパール作戦―ビルマの防衛』（防衛庁防衛研修所戦史室、1968年）
205頁　シッタン村に残る日本軍兵士の埋葬地……著者撮影
205頁　ウントーの日本軍兵士の慰霊碑……著者撮影
206頁　ケネディピークからインパール方面を眺望する……著者撮影

【著者紹介】
柳田　文男（やなぎた ふみお）
1947年、京都府加佐郡大江町（現・福知山市大江町）に生まれる。

「分隊長殿、チンドウィン河が見えます」
下級兵士たちのインパール戦

2020年8月15日　初版第1刷発行

著　者　柳田文男
発行者　坂手崇保
発行所　日本機関紙出版センター
〒553-0006　大阪市福島区吉野3-2-35
TEL 06-6465-1254　FAX 06-6465-1255
http://kikanshi-book.com/
hon@nike.eonet.ne.jp
本文組版　Third
編　集　丸尾忠義
印刷・製本　シナノパブリッシングプレス

Printed in Japan
ISBN978-4-88900-983-5